Nanuktalva

DU MÊME AUTEUR

Romans et nouvelles

Sortilèges (nouvelles fantastiques), Montréal,
Éd. Québec-Livres, 2015.

L'enfant qui ne pleurait jamais, t. 1, 2, 3 (récit
autobiographique), Ottawa, L'Interligne, 2011, 2013,
2014. Prix Christine-Dumitriu-van-Saanen 2012.

Akuna-Aki, meneur de chiens, Ottawa, L'Interligne, 2007.
Prix des lecteurs Radio-Canada 2008.

L'homme aux yeux de loup (roman), Ottawa, David, 2006,
coll. «Voix narratives».

Hokshenah, l'esprit du loup blanc (roman), Paris, Éditions
Les 3 Orangers, 2003.

Romans jeunesse

La piste sanglante, Ottawa, L'Interligne, 2011.
Prix Françoise-Lepage 2011.

Le voyage infernal, Ottawa, L'Interligne, 2011.

Aurélie Waterspoon, Ottawa, L'Interligne, 2008.

Gilles Dubois

Nanuktalva

ROMAN

David

Catalogage avant publication de Bibliothèque et Archives Canada

Dubois, Gilles, 1945-, auteur
  Nanuktalva / Gilles Dubois.

(14/18)
Publié en format imprimé (s) et électronique (s).
ISBN 978-2-89597-546-5. — ISBN 978-2-89597-572-4 (PDF).
— ISBN 978-2-89597-573-1 (EPUB)

  I. Titre. II. Collection : 14/18

PS8557.U23476N36 2016   jC843'.6   C2016-903648-0
                                       C2016-903649-9

Les Éditions David remercient le Conseil des arts du Canada,
le Bureau des arts franco-ontariens du Conseil des arts de l'Ontario,
la Ville d'Ottawa et le gouvernement du Canada par l'entremise
du Fonds du livre du Canada.

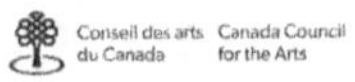

Les Éditions David
335-B, rue Cumberland, Ottawa (Ontario) K1N 7J3
Téléphone : 613-830-3336 | Télécopieur : 613-830-2819
info@editionsdavid.com | www.editionsdavid.com

Hommage à petite mère, la terre.

*Dis maman, c'était
quoi des éléphants?*

Stéphanie, 5 ans,
le 17 mars 2030.

CHAPITRE 1

Le vieil Inuit

Timmins, nord-est de l'Ontario

Le printemps de l'année 1997 progressait doucement. Les grandes chaleurs étaient encore éloignées de quelques semaines et les moustiques toujours plongés dans leur sommeil léthargique. C'était une période transitoire, au climat le plus agréable. Elle durait hélas peu de temps.

Une main large, aux veines gonflées par le labeur, main de meneur de chiens, de guerrier, épaisse, aux doigts carrés, caressait les rondins d'une cabane avec une manière de respect, d'amour, sûrement ; un bois râpeux, comme la main. Les yeux clos, pour mieux s'imprégner du paysage, des senteurs qui baignaient la vallée, de la texture du cèdre odorant qui vivait sous sa paume, le vieil Inuit redécouvrait à l'infini la Nature qu'offrait le Grand-Esprit aux diverses créatures de ce monde. Il laissa son esprit vagabonder vers cette époque lointaine de sa jeunesse, au pays de la glace et du froid, alors qu'il chassait la baleine avec son père, sur la petite île d'Igluligmiut, *Iglulik*, « Il y a des maisons », au Nunavut. Il était né là.

Ainsi que le disait son père, « lorsque tu sentiras que chaque cellule de ton corps, jusqu'à la plus infime, est partie intégrante du Grand Tout, *Siko, Hilla, Anok's...* la glace, le temps, les tempêtes... Alors, tu seras l'enfant privilégié de cette terre. »

Doucement, il était devenu le Nord. Son nom, d'ailleurs, l'indiquait sans erreur. *Nanuktalva*, « Celui qui marche comme un homme », c'est-à-dire, l'ours.

Nanuktalva était un colosse de deux mètres, âgé de 58 ans « environ », avait-il l'habitude de spécifier, avec un rire bon enfant. Même à cet âge, son corps comptait davantage de muscles que d'embonpoint. L'homme et la cabane étaient de la même espèce. Ils se ressemblaient. Rudes et âpres, écorce et peau craquelées par les ans et les intempéries. Ils vieillissaient au même rythme. L'homme s'harmonisait avec le décor montagneux qui s'offrait à sa vue.

Il admira sans retenue son petit domaine. Sa maisonnette était fichée en plein bois d'épinettes noires, 25 kilomètres à l'est de Timmins. Le vieux y vivait seul, à 20 minutes de cheval du plus proche voisin. *Taa Vanin*, au loin, autour de lui, en tous sens, jusqu'à l'horizon, s'étendait la nature sauvage, son havre de paix ! Sous sa fenêtre, à 100 pas, un étang se couvrait d'oies sauvages au printemps. Alentour, bruissait la stridulation des grillons, obsédante, un peu monotone, comme le martellement de la pluie sur des feuilles mortes, autant de murmures apaisants.

Nanuktalva ne s'était jamais marié. Quelques gentilles compagnes partagèrent certes sa vie tout au long des années, mais jamais au point de lui faire oublier la douce *Siksik*, « Petit-Écureuil », premier et unique amour de sa vie, vendue par ses parents à un voyageur blanc très âgé.

Infortunée fiancée.

À présent, Nanuktalva se trouvait infiniment heureux de vivre seul. Néanmoins, il se montrait parfois un peu bougon. Il ne recevait d'ailleurs pas beaucoup de visites, à part la petite fille et ses parents, mais eux, c'était autre chose.

En fait, l'homme ne vivait pas vraiment seul. Il avait ses chiens, six animaux à demi sauvages. La meneuse de sa petite meute, sa préférée, se nommait *Anok'e*, « Esprit de la tempête », une femelle malamute superbe : deux ans, au moins 40 kilos, malgré son jeune âge. Nanuktalva avait aussi adopté, chez un voisin kristineau, un autre malamute et deux huskies croisés avec du loup. Des bêtes splendides, vigoureuses. Ses dernières acquisitions, deux chiens abandonnés, sans identité bien définie, grands comme des veaux de six mois.

– *Namaktok ayuitun*, disait-il d'eux. « C'est bien, ils sont puissants. »

Des terreurs. Ils ne craignaient ni les ours ni les gens. Quant aux loups sauvages, sa petite meute les accueillait complaisamment. Les uns et les autres prenaient d'ailleurs part aux mêmes équipées nocturnes. L'été précédent, les chiens de Nanuktalva avaient sauvé une femme et ses trois enfants de l'attaque d'un ours brun en maraude. L'exploit leur avait mérité un article en manchette du journal *Les Nouvelles*, le seul hebdomadaire en français dans cette région de l'Ontario.

Nanuktalva avait été un grand voyageur. La nostalgie le rongeait. Il aimait encore bouger. À ce sujet, un vieux rêve persistait en lui. Rejoindre l'Arctique à pied, en compagnie de ses chiens, ou peut-être, avec son cheval, en chariot, un *conestoga* construit de sa main sur le modèle qu'utilisaient les pionniers de la conquête de l'Ouest américain, mais en plus léger, tel celui qui recevait les faveurs des voyageurs, le fameux *Prairie schooner*, la Goélette de la plaine.

* *
*

L'enfant avait six ans. Elle était assise devant la cabane, sur une souche de cèdre que Nanuktalva avait taillée en forme de fauteuil, aux mesures de la fillette. Elle s'appelait Gaïa Beaubien. Ses parents habitaient à quelques kilomètres de là, au bord d'un lac ceint de roseaux et de fougères arborescentes, sous la surveillance immuable d'une dizaine de saules et de hêtres centenaires.

Ils étaient propriétaires d'une entreprise florissante de vente de voitures, sur le boulevard Algonquin. Le matin, en se rendant au travail, ils laissaient l'enfant à l'école élémentaire Anicet-Morin, sur l'avenue Power, près de leur magasin ; l'après-midi, le vieux allait la chercher, avec son cabriolet à cheval ou sa vieille camionnette, et la conduisait à sa cabane. L'homme et l'enfant y attendaient l'arrivée de la mère, en fin d'après-midi. Ces heures en compagnie du vieil Inuit représentaient pour l'enfant l'instant heureux des histoires. Avec le temps, Nanuktalva était devenu grand-papa pour la petite fille, avant d'être « adopté » par la famille, sur les recommandations de Gaïa, au cours d'une cérémonie émouvante. Ses parents s'étaient associés de grand cœur au beau projet. Ainsi, l'ancien coureur de toundra devint-il membre à part entière de la famille Beaubien. Ou presque !

La famille de Gaïa ne pouvait rêver meilleure influence sur l'esprit hardi, inquisiteur, de l'enfant, que celle de l'être hors du commun qu'était Nanuktalva.

Le vieux surnommait la petite Tiriganiak, « Renard-Blanc », en raison de ses longs cheveux blonds. Depuis deux ans, à la demande des parents, le vieux s'occupait d'elle après les heures de garderie et, plus tard, d'école ; des liens solides s'étaient tissés entre eux, faits d'une tendresse dont la famille ne soupçonnait pas l'intensité.

Les attaches fraternelles de Nanuktalva avec les Beaubien remontaient à très loin, jusqu'au grand-père paternel de l'enfant, Anselme, lors d'un de ces épisodes dramatiques qui foisonnent dans le Nord. Nanuktalva avait 19 ans, Anselme 17. Nanuktalva lui avait sauvé la vie, alors qu'ils habitaient à Inuvik, dans les Territoires du Nord-Ouest, un peu au nord du cercle arctique. L'amitié entre eux ne s'était jamais démentie. À 20 ans, Anselme, un Québécois né à Trois-Rivières, avait épousé une femme cree, Wâpanatâhk, « Étoile du matin ». Ryan, père de Gaïa, était né de cette union dans un *igloovigak*, une maison de glace, bien plus au nord.

Il y avait toujours eu des membres de la famille Beaubien dans l'entourage du vieux. Ryan et son épouse avaient suivi la famille de Nanuktalva lorsqu'ils avaient quitté Inuvik pour s'établir à Timmins.

Anselme avait préféré s'installer à Dawson City, au Yukon, où débutait une ruée vers l'or, plus importante encore, disait-on, que celle de 1898.

Deux ans plus tard, la famille de Nanuktalva était repartie sur la Terre de Nunavut, loin au milieu des glaces de l'océan Arctique. Nanuktalva pensait souvent à Anselme, son seul véritable ami, mort huit hivers auparavant en des circonstances tragiques que la petite fille désirait connaître. Avec quelques réticences, le vieux raconta.

— Anselme, ton grand-père, promenait ses chiens sur la rivière gelée, la Klondike, qui coulait devant sa cabane, à Dawson City. Il semblait n'avoir pas tenu compte de la « débâcle »… heu, c'est quand la glace au printemps, détachée de la rive, se brise en centaines de plaques flottantes, filant avec la rivière libérée à une vitesse fantastique, se soulevant, s'entrechoquant. À la minute exacte où les énormes glaçons entamèrent leur course, Anselme et ses chiens entreprirent la traversée de cette rivière. À l'exception d'un chien, homme et bêtes furent tous noyés.

Le vieux poursuivit d'une voix mal assurée.

— Ton père, Gaïa, en fut certes malheureux, mais aussi presque fâché que ton grand-père se soit laissé surprendre ainsi, par une nature qu'il connaissait pourtant depuis toujours. Wâpanatâhk, ta grand-mère, ne survécut pas à cette tragédie. En l'espace d'une nuit, ses cheveux blanchirent. Six mois plus tard, elle mourut de chagrin, une journée pleine de soleil et de chants d'oiseaux, termina le vieux, en un sanglot difficilement maîtrisé.

Les yeux de la fillette s'emplirent de larmes.

— *Koa-napar-gonartok*, grand merci de m'avoir parlé d'eux, murmura-t-elle en langue inuktitut, avec une crispation rapide des lèvres.

Puis, vivement, afin d'échapper à cette minute éprouvante, Gaïa chercha un sujet de diversion.

– Nanuk… Comment… comment tu dis le nom des saisons en langue uniktaturque ?

– On n'a pas de mois, seul l'état de la glace nous situe dans le temps… L'hiver, on dit : « C'est l'époque où la glace est dure », et au printemps…

– L'époque où la glace est molle ! s'écria Gaïa.

– Exact, ma chérie.

– Heu… Bon… alors, la scie qui est sur la table, tu veux que j'aille la ranger dans ton atelier ?

– Je le ferai plus tard, ma fille. Toi, tu la mettrais n'importe où.

La petite fille pouffa.

– Comme toi !

– Peut-être, mais mon *n'importe où* n'est pas le même que le tien. J'retrouve toujours mes affaires.

L'enfant s'esclaffa et lança, sarcastique :

– C'est tellement clair chaque fois, tes explications, Grand-papa Naktal ! Pour pas terminer cette journée sur une tristesse, avec mes grands-parents… leur mort… raconte-moi la fin de l'histoire de l'ours ?

Gaïa regardait le vieux, les yeux brillants de plaisir anticipé. Il se mit à rire. Elle déformait toujours son nom de dix façons différentes. Il le lui fit remarquer. Faisait-elle sciemment ces fautes en guise de taquinerie ? Elle qui pouvait se souvenir de mots de 20 lettres quasiment sans erreur, serait incapable de retenir « Nanuktalva » ?

– Avant la fin, ma petite chérie, il faut la suite.

– Alors termine la suite de la fin de l'autre jour.

– Plus tard.

Désappointée mais non découragée, l'enfant employa un biais pour que son ami lui raconte une anecdote ou même… « n'importe quoi ! ».

— En attendant ton « plus tard », j'voudrais savoir comment les Inuits choisissent le nom de leurs enfants ?

— Avant l'arrivée des Blancs, nous n'avions pas de noms de famille, chez les autres peuples indigènes non plus, d'ailleurs.

— C'est impossible, tout le monde a besoin d'un nom. Comment je pourrais dire bonjour aux gens, s'ils en ont pas ?

— Dans certaines tribus nordiques, prononcer le nom de la personne en sa présence aurait été insultant, tout comme il serait impoli de la désigner du doigt. On utilisait simplement des mots indiquant l'endroit où la personne se tenait, ou un trait marquant, spécifique de sa personnalité, la couleur de ses vêtements, quelques détails pris sur le vif.

— Un signe... heu... d'instinctif !

— Distinctif, comme tu dis. Ces noms-là disparaissaient souvent dans les heures qui suivaient.

— Donne un exemple.

— « L'homme assis devant le sapin planté au bord de la rivière. »

— Alors quelqu'un pourra se nommer « Celui qui a des bottes noires », le matin, et le soir, « L'homme idiot qu'est tombé dans l'étang pis qu'a mouillé ses p'tites culottes en voulant cracher sur une grenouille », s'exclama la petite fille, satisfaite de son nouveau savoir.

— Exact, ma belle. Pourtant, si cet homme accomplit une grande chose...

— Je sais ! T'as gagné ton nom à cause d'un exploit ! Raconte-moi comment c'est arrivé ?

— Quand j'étais petit...

— J'suis sûre que t'as jamais été petit. Même quand t'étais petit, tu devais être grand ?

– Heu, ma mère m'appelait *Ikraluktoroma-narevok*, «Je mangerais bien du poisson».

– *Ikraluk*, au début... Je connais ce mot, s'exclama l'enfant. C'est saumon!

– Bravo, chérie. Mon père préférait *Kalertunga*, «Nous avons faim», car ce sont des mots que je prononçais souvent. Aujourd'hui, je suis Nanuktalva.

– Ours-voilà-un!

– Hé, tu te souviens de commencer à traduire par la fin. Je m'appelle... en remettant les mots dans l'ordre de ta langue, «Voilà un ours», et puisque l'ours se dit *Celui qui marche comme un homme*...

Nanuktalva passa la main dans les cheveux de la petite, qui lui sourit tendrement.

– Papa a dit à maman ce matin que les gens ont tellement pollué l'océan que bientôt il n'aura plus d'oxygène à nous donner. Je comprends pas. Ça veut dire que l'eau respire comme nous? Moi, qu'est-ce que je ferai quand je serai grande? Faudra que j'arrête de respirer? Ça doit pas être facile!

À cet instant, un harfang des neiges vint se percher dans un grand pin, devant la maison. Il gonfla ses plumes, poussa un petit cri qui ressemblait à un souffle de vent.

– Un *ukpik*! s'exclama la fillette. Il est beau... mais plutôt sale. Il doit se traîner n'importe où! Oh là! Regarde! Un colibri vert. Qu'il est mignon. Hier, j'en ai vu un rouge. Y'en a donc deux sortes! Tu connais leurs noms?

Le vieux hocha la tête. Ses yeux pétillaient de malice lorsqu'il expliqua à l'enfant...

– Deux noms, dis-tu? Écoute ça. Bec-en-faucille, Ermite, Porte-Lance, Mango, Coquette, Émerau...

— Ça suffit, s'écria la petite fille en riant. Là, tu dis n'importe quoi !

— Pas du tout, mon petit renard. Il y a 241 sortes différentes de colibris de par le monde.

— Pis tu les connais toutes ?

— Bien sûr que non. Mais mon père a voulu que j'en apprenne au moins 30 afin de faire travailler ma mémoire.

La mère de Gaïa venait d'arriver, en avance d'une heure sur son habitude. La bibliothèque municipale de la Seconde Avenue, où elle était sous-directrice, avait fermé plus tôt. La jeune femme embrassa son ami et souleva Gaïa de terre avec un sourire heureux.

Innue de naissance, Maikan-Waapaw, « Louve blanche », avait été baptisée Irana le jour de son mariage. Son mari préférait son nom en langue naskapi et ne l'appelait que Maikan-Waapaw.

— Allons-y ma beauté, papa ne va pas tarder à rentrer.

— Est-ce que je suis aussi belle que toi ? Non, c'est impossible. Bon, tant pis. Tu m'as fait une surprise ?

La jeune femme fit la moue.

— Pourquoi, j'aurais dû ?

Devant l'air déçu de la fillette, sa mère ajouta aussitôt :

— Voyons, comment aurais-je pu oublier que le jeudi, quand il n'y a pas d'école, c'est la journée des œufs frits dans l'huile d'olive avec une tranche de fromage fondue dessus...

— ... pour dissimuler les œufs aux yeux des malfaiteurs ! terminèrent ensemble la mère et l'enfant en éclatant de rire.

La petite se laissa glisser des bras de sa mère puis se jeta contre les jambes de Nanuktalva, qui l'enleva dans les airs à son tour.

– Vous venez manger avec nous, Nanuk ? l'invita Maikan-Waapaw.

– Pas ce midi, merci, j'ai du travail à l'atelier.

Le vieux s'éloigna alors que la mère et l'enfant prenaient le chemin de leur pavillon, dans la petite Toyota familiale.

Il appela ses chiens.

– *Nekretoritse*, « Venez manger du cuit », lança-t-il à sa petite meute, en déposant devant chaque animal un bol de viande et de légumes du potager dont s'occupait la petite fille.

Le vieux se sentait bien. Il aimait la vie dans cette cabane. Elle n'était pas jolie, mais fonctionnelle. Nanuktalva l'avait bâtie sans aide. Il l'avait terminée en quatre mois, le jour même de ses 39 ans. La nuit, dans son bois, coyotes et petits loups noirs chantaient leur plaisir d'être libres.

CHAPITRE 2

Le livre de cuir

Nanuktalva buvait le café matinal devant chez lui. Il parcourut du regard le paysage familier. Sur le côté du petit domaine, il avait empilé plusieurs belles pierres de couleurs différentes, ainsi que le faisaient les chasseurs de son pays, pour effrayer les caribous et leur faire suivre un chemin déterminé. Ces *tuktu-Inuksuk*, structures construites dans une attitude humaine, pouvaient aussi indiquer une direction. Souvent, on les érigeait pour le seul plaisir. Ces hommes de pierre lui rappelaient les terres ancestrales.

Le vieux entra dans la grange. Après avoir consacré quelques heures aux finitions du chariot *conestoga*, il alla s'installer dans son atelier, la porte soigneusement close. C'était une minuscule construction de rondins au milieu d'un boqueteau de cèdres. Il s'y rendait une fois par jour, sans faute. Nanuktalva y gardait secrète son activité préférée. Personne n'avait le droit d'y pénétrer, surtout pas Gaïa. Il y préparait une surprise à son intention, d'où l'interdiction formelle faite à l'enfant de s'en approcher. Ici, le vieux mettait sa dextérité à contribution dans une sculpture qui serait unique, car il s'agissait d'une œuvre d'art. Avec jubilation, il retira le linge humide et la toile plastifiée qui recouvraient une sculpture de glaise déjà bien avancée. Le buste de Gaïa. Les traits en étaient encore mal définis, mais on sentait déjà poindre la joliesse du fin visage de l'enfant à travers la forme rugueuse née des mains d'un vieil homme à l'âme pure.

Le vieux y travailla le reste de la journée, puis passa à l'école prendre Gaïa en camionnette. De retour à la cabane, dès qu'elle eut quitté le véhicule brinquebalant, elle rassembla les chiens autour d'elle avec une poignée de biscuits, pendant que Nanuktalva préparait sa collation. Elle s'installa ensuite dans son « fauteuil d'arbre ». Là, sans attendre, elle quémanda la suite de son histoire. Peu importait laquelle, en vérité. L'enfant était tout simplement passionnée par les aventures romanesques que son ami savait si joliment conter. Nanuktalva, ravi, s'acquittait toujours de bonne grâce de cet agréable rôle.

— Je pense que cette fois j'aimerais entendre parler des ours... Non, plutôt l'histoire de ta vie... à moins que... c'est quoi le régime de ton nom.

Nanuktalva se retint de sourire à ce mot, pour « l'origine ».

— Pourquoi tu t'appelles l'Ours ? Bah, après tout, raconte ce que tu veux, fit Gaïa, en adoptant une expression d'intense réflexion.

C'était une attitude que le vieux lui avait enseignée, à sa demande : « Quand je veux avoir l'air vraiment sérieuse, comme ma mère quand elle chicane papa, comment je dois transformer ma phys...amie... phisiomie... mon visage ? » lui avait-elle demandé un jour. Le résultat dépassait les espérances du professeur. À six ans, elle prenait des poses graves, comme une petite adulte, avec des gestes délicats ou encore se faisait des yeux farouches.

La raison de son nom ! Elle voulait tout savoir de sa vie, sans imaginer que parfois, ce qu'elle réclamait représentait un souvenir douloureux. Nanuktalva posa les yeux sur la fillette. Ils s'emplirent d'une lueur fière, sauvage. Sans effort de concentration, tout était là, les souvenirs, bons, mais aussi tragiques, de son existence audacieuse. À la moindre sollicitation de son esprit, il voyait les faits se dérouler devant lui.

Nanuktalva retint sa réponse. Les nombreuses questions de l'enfant le replongeaient inlassablement dans ses souvenirs, envoyant son esprit ailleurs, si loin... Il était alors entraîné dans le flot des pensées enfuies avec le temps.

Nanuktalva se remémorait sans cesse des faits qui remontaient à sa jeunesse.

Un sourire de vrai bonheur détendit les traits de son visage, creusés de sillons innombrables, burinés par l'impitoyable climat du Nunavut, « Notre terre ». L'homme se décrivait comme « un vieux seulement en années ». Il était solide, telle la branche du chêne que parcourt la sève printanière. Il s'était intégré au paysage montagneux qui l'entourait. Une osmose parfaite. Il était loup dans sa forêt, ours blanc invisible sur sa banquise, feuille sur la branche. Il était cri du coyote, vol de l'aigle. Il était l'*Inuk*. L'Homme.

– Alors, Gaïa, tu disais une histoire d'ours ?

– Oui, mais... j'y pense. Si les gens ont pas de vrai nom, c'est comment pour les grosses bêtes ?

L'ours, j'imagine qu'il en a qu'un, pas comme les colibris ?

– Au contraire, mon cœur. L'Inuit l'appelle le « Chien de Dieu », « Sa pure couleur », le « Vieux à l'habit de fourrure ». Les Lapons ne le désignent jamais par son nom, de crainte de le fâcher. On le nomme aussi « Celui qui est fort comme 12 hommes mais sage comme 11 ». Dans notre poésie, on l'appelle le « Cerf blanc des mers », « Marin, ou Cavalier des banquises », « Celui qui est presque un homme, ou qui marche comme un homme ».

– Oh là là ! Le pauvre doit plus s'y retrouver ! Y'a une raison pourquoi on t'a donné un de ces noms ?

Gaïa n'abandonnait jamais son idée, le sujet importait peu. Elle cheminait toujours ainsi, sans se détourner de son but.

*   *
*

Nanuktalva s'était décidé à lui raconter sa vie deux ans plus tôt, après l'avoir ramenée de la garderie. Gaïa lui avait demandé :

– Tu m'as dit que t'avais écrit un livre… Tu l'as caché au grenier ? Tu me le montres ?

Il avait souri. Le livre ! Celui qu'il rédigeait depuis 40 ans, une sorte de journal de vieil étudiant. Mais où en commencer la narration et surtout, comment la terminer ? Les évènements de son existence se transformaient sans cesse. En effet, même ceux du passé prenaient des significations nouvelles à mesure que le temps filait.

– Il parle de quoi ton livre ?

– De la vie, de tout. Un vieux et ses arbres, une enfant, des bêtes…

– De nous ?

– Un peu aussi.

– D'où elle vient ton histoire ? Quelqu'un te l'a contée quand tu étais petit ?

– La vie me l'a enseignée, mon ange. Le temps. L'histoire s'attarde sur l'origine des choses, se penche sur ce qui est beau, intouché par l'humain…

En compagnie de la petite fille enthousiaste, avide de curiosités, il avait fouillé dans la malle en bois où il rangeait ses souvenirs, le trésor des pirates, comme l'appelait sa jeune amie. Penchée sur son épaule, elle l'avait regardé, excitée, en retirer l'épais manuscrit.

Mais ce jour-là, il ne l'avait pas ouvert. Doucement, il était retourné en lui-même, vers les temps lointains, au pays de la glace et du froid, alors qu'il chassait en compagnie de son père. Il ne pouvait pas conter sa vie en tournant simplement les pages. Il devait s'y préparer mentalement. Le livre contenait peut-être des faits qui ne convenaient pas à une enfant de cet âge. Il lui fallait y réfléchir. Il avait placé le livre sur une étagère.

– Ta mère va bientôt arriver, petit ange. Une autre fois, le livre.

Un prétexte. Bien que résignée, elle en avait été déçue.

*   *

*

Mais à présent, elle poursuivait opiniâtrement son idée.

– T'as pas répondu. Pourquoi on t'appelle l'Ours ?

Il sourit sans répliquer.

Nanuktalva regarda le ciel, comme à son habitude, pour mieux se remémorer l'époque et reconstituer les dialogues, les scènes, au plus juste, car dans le fameux ouvrage, il n'en avait pas toujours noté précisément le déroulement. Beaucoup de faits demeuraient dissimulés dans sa tête.

Nanuktalva détailla affectueusement l'enfant. Vive, gracieuse, elle était adorable dans sa robe blanche de dentelle et de soie. De son fin visage encadré de longs cheveux dorés, on avait l'impression de n'apercevoir que ses yeux, immenses, d'un bleu profond, des yeux qui, à ce jeune âge, savaient déjà se perdre dans la transcendance du soleil couchant, le vol d'un papillon, des yeux capables d'apprécier le beau de la vie, des yeux qui aimaient. Voilà pourquoi il éprouvait pour cette enfant une tendresse si profonde. À cause de leur travail, ses parents n'avaient pas de temps à consacrer à leur fille après la classe, ni les jours de congé. Ils avaient ainsi délégué de plus en plus de responsabilités à Nanuktalva dans l'éducation de leur fille. Cela s'était fait graduellement, sans qu'ils s'en rendent vraiment compte.

Nanuktalva enseignait un peu la vie à la petite, les mœurs et les coutumes des animaux, ainsi que la manière de se comporter avec les autres. En vérité, au fil des années, le vieil homme était devenu la seconde famille de Gaïa, le grand-papa qui sait tout et peut n'importe quoi. Il lui avait révélé les légendes secrètes et autres récits magiques qu'il connaissait sur *Inuibrome*, « le désert de glace sans personne dessus », ainsi qu'une cinquantaine de faits curieux sur les ours. Ne lui restait que des anecdotes personnelles à proposer à l'enfant. Le tout se trouvait rassemblé dans ce livre qu'elle lui réclamait, impatiente. Hélas, il n'osait toujours pas l'ouvrir.

Étrange vie que la sienne. Il pensa à la marche des années, sourit, amusé, indulgent. Une petite éternité terrestre, pas toujours simple, pas toujours drôle, mais au moins, il ne s'était pas ennuyé. Une équipée.

— *Kranor itpin*, Tiriganiak? s'enquit-il d'une voix chaleureuse.

— Ça va bien, *Koana*, merci. Bon, comme tu sembles pas avoir envie d'ouvrir le gros livre, aurais-tu quelque chose d'autre de capi... tant?

— Captivant.

— Pourquoi tu l'as dit avant moi? Je l'avais sur le bout de la langue. Bon, j'te pardonne. Je disais... une anecdote d'ours, en remplacement du livre, insista l'enfant d'une voix douce, où perçait néanmoins un début d'agacement qui attendrit le vieux. Allez, Nanuk, ferme les yeux avec moi, place le décor. Il neige, il fait froid, les arbres se cassent sous la ... comment tu dis ça?

— *Alapa*, la morsure du froid, *siko*, *anoke*, les éléments du ciel.

— Voilà, les éléments, *Alapa*! *Siko*, *Anoke*. La morsure... heu... du ciel, la glace, le vent. J'suis tout à fait dans l'amtosphère... heu... la stratmosphè... Bon, c'est pas important. Continue!

— Assieds-toi, Tiriganiak.

Il alla chercher son manuscrit à reliure de cuir, l'ouvrit.

— Mais... t'avais dit que j'étais pas prête pour l'entendre! s'écria l'enfant, étonnée, heureuse aussi.

– Bah, je voulais juste te faire un peu enrager !

– Hé là !... j'suis pas un chien ni un raton laveur. Enfin, lis !

Il avait commencé ce journal dès qu'il avait su écrire. Toute sa vie il avait aimé cela, une activité pour lui d'une grande facilité. Les mots arrivaient au bout de sa plume sans effort. Dans sa tête, se formaient des images qu'il n'avait plus qu'à dessiner avec les phrases, comme un peintre en quelque sorte. En parlant d'une odeur ou d'un paysage, il parvenait à glisser dans ses écrits les parfums sucrés de l'automne finissant, ceux du cèdre mouillé sous la pluie tiède de l'été. Nanuktalva, avec sa sensibilité de montagnard, *voyait* les mots... Surtout, il était capable de faire ressentir aux autres les émotions contenues dans un paysage, dans les scènes de la vie nordique, en les évoquant, sans artifice. Il lui suffisait de fermer les yeux. Il percevait alors de la vie tout ce qui était beau.

La petite fille se cala confortablement dans sa souche d'arbre. Le vieux leva un doigt dans sa direction. Elle devança la mise en garde.

– Je sais. Respire à fond. Comme dans la... heu, médication sans les sandales.

Il se retint de rire pour ne pas la froisser.

– C'est ça. La méditation transcendantale.

– Exactement c'que j'ai dit, mais d'une autre manière.

– Le jeune homme dont je vais te parler avait 19 ans. Il se nommait... Sans-Nom.

Elle rit.

– Un nom qui en n'est pas un... Vous les Inuits, vous êtes drôles. Vous en avez 50, pas du tout, ou encore, vous avez des noms qui disent que le nom de celui qui a ce nom, c'est pas son nom.

– *Ayornarman*, on n'y peut rien. Sans-Nom habitait à Inuvik, où demeuraient aussi ceux qui allaient devenir tes grands-parents Beaubien, la famille de ton papa. À l'époque, on ne trouvait pas de voitures dans cette région. Il fallait 25 jours en raquettes ou dix en traîneau pour se rendre à Dawson City. Allons, ferme les yeux, Petit Renard, imagine, ma chérie… une vallée profonde encaissée entre des montagnes aux pics aigus qui dentellent le ciel. Une forêt de pins bleus à l'est ; à l'ouest, un lac de glace que la chaleur matinale a rendu presque transparent.

– La vallée profonde est dans une caisse, pis les montagnes portent des dentelles, avec des arbres de toutes les couleurs ? Il est bizarre ce pays, on dirait un conte de fée !

– C'est des détails. Concentre-toi… Tu y es ? Parfait. Le soleil, timide, échappe à l'emprise griffue d'une montagne, blondit les pics granitiques, effleure un instant le sol rosé et s'éloigne au cœur d'un ouragan que le vent nordique traîne dans son sillage. Tu vois bien tout ça ?

La gamine fit oui de la tête sans ouvrir les yeux.

– Je vois l'ouragan, pis le vent, la terre rose, les sapins bleus… ça, j'le vois, mais je comprends pas grand-chose du reste. Le soleil est timide comme une fleur rose, la montagne qu'a des griffes de grizzly, des pics-bois blonds, quand j'pensais qu'ils étaient rouges ou verts… Pis aussi, tes phrases sont longues, plutôt compliquées. Enfin, c'est beau quand même. Lis encore.

– La roche et les arbres se fendent avec des claquements secs.

– Eh ! Ça j'ai compris.

– Parfait. Donc, un froid des premiers âges du monde ! En fait, ces hautes terres canadiennes apparemment sans vie, représentent pour l'Indigène le creuset de toutes choses.

– Un creuset, c'est quoi ?

– Une sorte de... disons... le nid où la vie a commencé, le berceau primitif. En ces lieux sauvages, le Grand-Esprit créa les parfums de la terre, puis les humains...

– Ça suffit, t'en as dit assez. À présent, imaginons... y'a des souffles d'air glacé qui tourbillonnent en tous sens, je vois bien, ... continua la petite fille qui connaissait la plupart des évocations de son ami.

Celui-ci sourit de contentement.

– Tu sens, tu vois ? Magnifique. Soudain, le décor s'anime...

Elle rit.

– Comme un film de Oual Dix-Nez ?

Il la regarda sans comprendre, ouvrit grand les yeux.

– Bah, le décor s'anime, comme un dessin animé, quoi !

– J'avais pas songé à ça. D'accord pour Walt Disney. Je continue. Au milieu d'un lac balayé par d'épais tourbillons blancs, une silhouette sombre progresse avec peine. Engoncé dans une courte veste de laine, c'était un garçon de 17 ans, dont la mère canadienne-française venait d'Alexandria, en Ontario. Son père était né à Montréal, au Québec. Le jeune gars était chaussé de raquettes rondes, le modèle le plus adéquat pour la forêt. Peu pratiques sur cette plaine de glace, elles lui donnaient une allure saccadée.

– Comme si y avait un caillou dans sa chaussure !

– Exactement, Tiriganiak.

– Ça fait mal d'être engoncé... dans une veste ?

– Mais non !... On est juste enveloppé dedans, bien au chaud. Donc, loin derrière lui, dans un bouquet d'arbres... c'est un petit groupe d'arbres, au pied d'une falaise, de fines volutes bleutées s'échappent d'une butte de neige en forme de carapace. Sa cabane est totalement ensevelie sous la neige. La fumée, dispersée par les bourrasques, porte aux quatre coins de la vallée les odeurs de cannelle et de sucre doux d'une flambée de sapin.

– Pareil comme les tartes de maman. T'as mis le goût sur ma langue, s'écria l'enfant, les yeux opiniâtrement plissés sur les évocations du récit.

– Gourmande. On continue ou on mange ?

Elle prit une expression boudeuse.

– *Namatok*, c'est bien, admit le vieux. Notre adolescent chemine donc à longues enjambées. Les raquettes plongent résolument dans la neige épaisse. Ses larges épaules se projettent en avant comme s'il frappait du poing. Cette apparente vigueur est encore renforcée par l'ahan sourd qui résonne dans sa poitrine à chaque pas, pareil à quelque incontrôlable sanglot. Ahan ! Ahan !

– C'est quoi un n'ahan ?

– Quand tu fais un effort, tu souffles. Ce bruit-là.

– Bah moi, je nahan jamais. Quand je force, je dis...Vas-y Gaïa... vas-y ma fille... C'est donc ça mon ahan personnel ?

– Heu... De la tête, recouverte d'une cagoule en peaux de lapins, ne subsistent que ses yeux noirs, déterminés, qui roulent derrière le mince rectangle de cuir. Il s'engage sur une piste qui n'a pas été tracée depuis le début de l'hiver. L'accumulation de neige rend sa marche éprouvante.

– Ça veut dire, comme, tellement « éprouvantable » qu'on a peur ?

– Presque. Sa bouche se crispe sous l'effet d'une vive inquiétude. C'est un homme blanc. Sa jeune sœur vient de se fracturer la jambe en escaladant une corniche escarpée pour remettre un petit renard dans son trou. Elle a glissé. Leurs parents se trouvent en visite chez un cousin, à trois jours de marche de là. Pris au dépourvu par le drame, son frère se rend à Inuvik, le plus proche village inuit, afin d'en ramener un homme médecine capable de remettre l'os en place.

À cet endroit de sa narration, Nanuktalva s'arrêta.

– Le reste demain, Tiriganiak.

– *Watiago !* Attends ! Pas quand ça devient excitant !

– *Pigmanga ?*

– Heu… non, je ne t'en veux pas. À ton âge, t'es fatigué plus vite, je comprends ça. Va, repose ta voix.

– Bon, d'accord, je ne suis pas fatigué, voilà la suite…

Il reprit son manuscrit. Il lisait d'un ton étonnamment doux pour un tel colosse. L'enfant aimait le son de sa voix grave, un peu chantante, son accent inuit, toujours présent, malgré une mère française et presque toute une vie à côtoyer des Canadiens français.

– Je reprends au jeune garçon sur la piste.

– Celui aux ahans ?

Nanuktalva lui conta comment un ours avait attaqué le jeune homme.

– D'un coup dans le dos, l'ours le jette au sol, l'y maintient d'une patte. À cet instant, quelqu'un arrive au secours du malheureux. D'un magistral coup de couteau dans les reins, il envoie le grand prédateur par terre, gémissant de douleur, incapable de se relever.

— Pauvre ours !

— Tu as raison. L'homme relève celui qu'il vient de secourir et vérifie rapidement son état. Heureusement, il n'est pas blessé. Puis il se débarrasse de son passe-montagne. L'autre en reste décontenancé. Le jeune colosse qui, sans erreur, lui a sauvé la vie, est un Autochtone pas beaucoup plus âgé que lui. Ses traits sont remarquables, rudement sculptés ; un front haut, dégagé, un nez large, des lèvres charnues, bien dessinées. De longs cheveux noirs aux reflets de rouille amincissent son beau visage. Puis, il y a ses yeux… Dans les lueurs dansantes du soleil couchant, ils prennent une troublante profondeur. De l'ensemble se dégagent douceur et détermination.

— Sans-Nom ! s'écria Gaïa. C'est lui qu'arrive à l'instant du ciel sale … heu, cru ciel ?

— Crucial ?

— Bravo, tu l'as eu ! Comment t'as deviné ? Qu'importe. Ça te vaut dix points gratuits sur ta prochaine boîte de manger à chats.

— Mais… j'ai pas de chat !

— Alors, t'as rien gagné, s'esclaffa l'enfant qui aimait jouer avec les mots.

— Je continue. Le rescapé a peine à croire que cet adolescent a terrassé un tel mastodonte. Son sauveur applique alors le canon d'un colt 45 contre la tête de l'ours, lui demande de lui pardonner et tire. « Désolé mon pauvre vieux, fait-il en français, mais j'avais pas l'choix. » Puis il se tourne vers le garçon blanc : « *Isumalugitaililanga !* Heu…

je viens de dire... il ne faut pas que... » « Ce que tu as en tête te rende anxieux, complète le jeune Blanc. Isumane ayorlugo, t'en fais pas, c'est ainsi. » « Eh ! Tu parles l'inuktitut, sans accent... enfin, presque, raille Sans-Nom. Pas mal pour un Français arctique. » Devant l'Inuit incrédule, le jeune Blanc explique : « J'ai pas d'mérite. Mes ancêtres, du côté de mon père, viennent presque tous de Hawkesbury, une ville de l'Ontario, une région plutôt francophone. Par contre, ma grand-mère maternelle est inuite. Elle m'a appris sa langue, mon père, la sienne. J'm'appelle Anselme, et toi ? » Je réponds : « Sans-nom. » Anselme éclate de rire.

— Comme moi tantôt, déclara Gaïa. Il ne sait pas, pour les noms.

— Mais attends la suite, ma chérie. Autour des adolescents, la tempête se calme. Un paysage flou sort par intermittence de sa prison virevoltante, installant son décor le temps d'une rafale. Le jeune Anselme explique à son sauveur la raison impérieuse de sa présence sur cette piste, en pleine tempête, malgré le danger. Par un heureux hasard, le père de l'Inuit est l'homme médecine de sa tribu. Son fils, Sans-Nom, a de bonnes connaissances sur les différentes manières de guérir. Anselme conduit alors l'Inuit auprès de sa sœur. Sans-Nom réussit à remettre aisément l'os de sa jambe en place. En fait, il n'y a pas de fracture. Seule l'articulation du genou est légèrement déplacée. Sans-Nom s'apprête à...

À cet instant du récit, la fillette intervint à nouveau :

— Grand-père, elle serait pas mal l'histoire, si y'avait pas tous ces détails. J'me perds. Tu peux résumer le reste ?

Il lâcha un rire, ferma son livre.

— Anselme, le jeune imprudent, se nommait Beaubien. C'était le père de ton papa. Les deux garçons devinrent amis. Ah, j'oubliais la partie qui t'intrigue tant. Après le sauvetage, l'Inuit a dit au Français qu'il ne plaisantait pas en disant ne pas avoir de nom, son père ayant donné le sien à un ami. Anselme Beaubien l'a regardé avec un air de grand respect. « Dans ce cas… me permets-tu de te baptiser ? » L'Inuit n'hésita pas une seconde. Il fit oui de la tête, contenant difficilement son émotion. « Que penses-tu de Nanuktalva, Celui qui marche comme un homme ? Ce serait de circonstance. » Les yeux de l'Inuit s'emplirent de reconnaissance. Nanuktalva. Un nom de guerrier ! Il se mit à rire aux éclats. « *Inuk adlaoyunga !* » « Tu te sens un autre homme ? J'en suis heureux… »

— Mais Nanuk, s'écria Gaïa… Sans-Nom, c'est toi quand t'étais jeune !

Nanuktalva sourit à la petite fille.

— Oui, ma chérie. En raison de cette aventure, les membres de ma famille acceptèrent le nom. Voilà, fini pour cet après-midi ! Prépare-toi pour rentrer au village.

Comme à son habitude, la petite fit mine de se fâcher, se plaignant que son ami choisissait toujours l'instant le plus palpitant pour mettre fin à ses récits. Elle tenta d'encourager la reprise du dialogue.

— Mais juste avant, dis-moi un mot pour me faire rire.

Il réfléchit avec un grognement :

— Pour se porter chance, quand ils abattent un phoque, nos chasseurs disent…

Nanuktalva fit mine de prendre une profonde inspiration, lâchant d'une seule voix :

— *Tamadjanalertaksarakuarnigidlanga.*

— C'est pas possible. C'mot-là, tu l'as fabriqué !

— Pas du tout.

— On n'a pas l'temps d'respirer quand on parle igruktaturc… heu… ta langue. Ça veut dire quoi ce long serpent de lettres ?

— « En espérant que ça me vaudra la chance d'obtenir un second phoque. »

— Moi j'ai… Hi hi ! J'entends l'auto. Maman vient me chercher. Faut se quitter grand-papa.

L'enfant se précipita vers le vieux. Sachant qu'elle bondirait vers sa poitrine, il l'attendait, bras tendus. Il la souleva d'un même élan au-dessus de sa tête. Puis, la ramenant contre lui, enfouit le visage dans ses cheveux.

— *Aliarnakrutin*, sois heureuse, toujours, petite chérie.

Lorsque Gaïa fut repartie avec sa mère, Nanuktalva se rendit dans sa grange. Il y travailla jusqu'au crépuscule, puis il se promena dans le bois avec ses chiens. Au retour, il se fit un repas léger, laissa les bêtes libres autour de la maison et s'allongea, moustiquaire tendue au-dessus de sa couche, fenêtre ouverte sur le ciel et les pins découpés sur l'horizon.

* *

*

Tôt le lendemain, Nanuktalva prit son déjeuner et prépara celui des chiens. Comme cela arrivait souvent, ils ne daignèrent pas se lever à l'appel du vieux. Celui-ci eut une moue incrédule. À demi sauvages, ces animaux partaient en chasse pratiquement toutes les nuits. Si la chance leur souriait, ils se gavaient à n'en plus pouvoir : quatre ou cinq kilos de viande chacun ne les rebutaient pas. Tout pareil aux loups, ils pouvaient ensuite demeurer plusieurs jours sans manger.

Dans moins d'une quinzaine, Nanuktalva allait devoir les enfermer à la tombée du jour. L'époque de la reproduction n'allait pas tarder à débuter chez les prédateurs. Les louves bêta en chaleur, étroitement surveillées par les mâles alpha, meneurs de meute, deviendraient pour les chiens des compagnes peu recommandées. Nombre d'imprudents y avaient perdu la vie.

Nanuktalva se rendit dans l'atelier attenant à la grange et travailla aux finitions du *conestoga*. L'envie le reprenait de voyager. Il voulait bouger, vivre, jusqu'au bout de ses forces, comme avant. Il s'affaira jusqu'à trois heures de l'après-midi puis sortit son vieux cabriolet, y attela l'étalon, un animal maltraité qu'il avait « confisqué » à un fermier de la région à coups de poings. Nanuktalva possédait aussi une belle jument noire de 10 ans.

Il se mit en route tranquillement, ne tenant pas à éreinter l'animal. Il se rendait au village chercher la petite fille ; 45 minutes de trajet à faire, nul besoin de se presser. En passant, il alla saluer son amie, Yu-Wah-Kon-Pe, « Celle qui est bénie », une jeune veuve dakota qu'il aimait comme sa fille. Elle vivait dans un village à proximité de chez lui. Nanuktalva ne l'avait pas revue depuis les funérailles de son époux, six mois plus tôt.

CHAPITRE 3

Une amitié éternelle

Lorsque Nanuktalva revint chez lui en compagnie de la petite fille, Gaïa se percha sans attendre sur le fauteuil d'arbre. Elle n'eut aucun besoin de quémander la suite de son histoire. Le vieux savait ce qu'elle attendait. Afin de l'agacer un peu, il prit plus de temps qu'à l'ordinaire pour lui préparer un chocolat chaud et deux tartines beurrées.

– Il y a des gens qui vous appellent Inuits, d'autres Esquimaux, remarqua-t-elle pendant qu'il préparait le repas des chiens. C'est quoi le vrai mot ?

– Les ignorants disent Esquimaux, « Ceux qui mangent la viande crue ». Ce sont les Kristineaux qui nous ont baptisés ainsi. En vérité, Esquimau est une injure, de l'ironie blessante.

– Très joratif ?

– Oui, péjoratif. On ne baptise pas un peuple en soulignant un de ses traits culturels étranges ou déplaisants.

Nanuktalva n'alla pas plus loin dans ses explications. Il sentait que Gaïa, à un si jeune âge, ne pourrait suivre son raisonnement. Il y avait tant à dire sur le sujet, qu'il se tut un moment pour y penser.

Un explorateur français avait écrit un livre au titre ridicule sur le Groenland : *Ma vie chez les Esquimaux Inuits*. Voyons ! Il n'existe pas de tribus « esquimaudes » chez les Inuits. Les Blancs avaient inventé d'autres noms de tribus, tout aussi incohérents : Loucheux, parce que les mères mettaient un pompon sur le front de leur enfant afin de les faire loucher ; Porteux, les veuves portaient sur leur dos les os de leur défunt mari ; Côtes de chien, ils mangeaient des chiens ; Pieds-noirs, car un jour la tribu avait traversé une prairie qui avait brûlé. Leurs mocassins étaient noirs... Ridicule ! Sioux, Cœurs d'alènes... Des mots qui n'ont aucun sens ! Il y avait encore les Folle Avoine, Gens du Lac, Gros-Ventre, Neutre, Puant, Renard, Caillou, Nez-Percé, Sauteur, Crâne. Nanuktalva fulminait intérieurement. Quelle tristesse d'entendre un Dsi-Tsi-Tsa dire « Je suis Cheyenne », ou un autre prononcer ces horribles mots : « Je suis un Puant » !

— Pourquoi tu dis plus rien, Nanuk ? Bah, c'est peut-être mieux comme ça, de toute façon, j'ai rien compris dès le début, se plaignit l'enfant.

Nanuk revint à sa petite amie.

— Excuse-moi. Je vais résumer. Par exemple... Les Français mangent des grenouilles. Les Anglais les appellent « bouffeurs de grenouilles ». C'est une méchanceté. Tu penses que les Français apprécient ? Ils se vengent en appelant les Anglais des « *Roastbeefs* ». Quant aux Chinois, ils sont des « mangeurs de chiens »... Je suis Inuit, ça signifie « le Peuple », pas un « mangeur de viande crue ».

— Si on s'arrêtait ? T'as l'air fatigué ? Là, tu m'en as raconté assez pour remplir au moins trois semaines.

– Tu as raison, mon ange, attablons-nous plutôt devant une collation gigantesque...

– Ouais! À nous en faire claquer les bretelles, ajouta l'enfant.

Nanuktalva sourit. Si la mère entendait les petites folies linguistiques qu'il enseignait à sa fille, quel scandale!

– Ensuite nous ferons manger les chiens, leur soupe est prête, puis ce sera l'heure de notre balade digestive au bord de ton lac préféré. Cela te va, ma belle ?

– Magnifique!

La fin de l'après-midi se passa ainsi, heureuse, paisible, entre une petite fille et un vieil homme. En échange de cette amitié réciproquement offerte, chacun emplissait son cœur des trésors que renfermait celui de l'autre.

Pendant que la fillette nourrissait les oies et qu'un peu plus loin, les chiens pataugeaient dans l'eau, le vieux laissa son regard se perdre dans l'environnement sauvage qui représentait sa joie de vivre. La petite vint se coller contre lui, mettant fin à sa méditation.

– Avant que je retourne à la maison, raconte-moi encore ce voyage quand t'avais des plumes sur la tête.

– Ça va faire trois fois cette semaine!

– Mais j'aime ça quand t'arrives à mon âge.

– D'accord, petit renardeau.

– Tiens, j'pensais pas qu'les renards vivaient aussi dans l'eau ?

– Ah... bon ?

Le vieux mit quelques minutes à comprendre la taquinerie, avant de faire revivre son périple.

– J'avais 28 ans environ. Les travaux sur la toundra, les courses de chiens, les jeux d'adresse et de force avec mes camarades, avaient fait de moi un lutteur imbattable dans toute la région. À cause de ça, on m'appelait « Celui qui saute le plus haut sur une jambe afin de frapper la balle de cuir attachée au-dessus de sa tête par un lien de peau ».

– Woo ! Un sacré de long nom ! J'imagine ta pauvre maman, si elle devait t'appeler 20 fois par jour. C'est quoi au juste ce coup d'pied ?

Une phrase qu'elle prononçait à chaque fois que Nanuktalva lui racontait cette histoire. Il le lui expliqua avec la même réponse :

– Un exercice de souplesse populaire chez les gens du Nord. Les Chinois, avec leur kung-fu, pouvaient toujours venir s'y frotter !

Ainsi Nanuktalva recommença-t-il le récit de son voyage.

– À cette époque, nous habitions encore à Inuvik, tes parents et moi.

– Tu l'as déjà dit.

– Comme tout le reste ! Ton père avait six ans.

– Pis moi, alors ?

– Petite coquine… Tu avais moins 17 ans.

Elle rit à pleine voix.

– C'est ça la partie que j'aime ! Continue.

– Comme c'était bientôt l'anniversaire de Maikan-Waapaw, ta future mère… elle avait 5 ans, je le précise.

– Je suis donc plus vieille que maman !

– La vie est bizarre, en effet. J'avais décidé de me rendre à Fort McPherson pour lui acheter un cadeau.

– Je sais! C'est un peu au sud, une ancienne ville de chercheurs d'or de 500 habitants, située à quelques jours de raquettes d'Inuvik!

– Exact. Veux-tu finir l'histoire, Gaïa?

– Non, pardonne-moi. Je me suis laissée emporter par mon… heu… enthousiasme. J'aime bien ce mot-là.

– Alors je continue. Pour la circonstance, j'avais tressé mes longs cheveux, piqué deux plumes sur le côté de ma tête, une mode chez plusieurs tribus de la plaine qui me plaisait. J'étais arrivé vers le milieu de la matinée, pas très à l'aise dans ce village principalement peuplé de Blancs. Un peu plus tard, j'eus faim. J'entrai dans un restaurant. On refusa de me servir. Une terrible bagarre s'ensuivit. Ils se mirent à huit contre moi. Dire que huit est mon chiffre porte-bonheur, t'imagines ça, Tiriganiak? Donc, je me lançai à l'attaque avec un grand cri. Je pus en étaler trois dans la sciure qui recouvrait le sol de terre battue, avant qu'ils parviennent à m'immobiliser.

Un sourire lui fendit les lèvres à cette évocation, faisant saillir davantage ses pommettes haut placées, amenuisant ses yeux, en accentuant l'éclat, farouche, plein d'ironie.

– On me roua de coups avec les pieds, les poings, même avec une chaise. Je me réveillai en prison.

– Mais… t'avais rien fait! Pourquoi ils t'ont battu?

– Parce que… j'avais des plumes dans les cheveux.

– Peut-être qu'ils aimaient pas les plumes?

– J'imagine.

Le père et la mère de Gaïa venaient d'arriver. Ils embrassèrent leur fille, prirent un café avec Nanuktalva, discutèrent un peu de la situation économique au pays et rentrèrent chez eux. Ils attendaient la visite d'un homme d'affaires du village voisin, qui désirait investir dans leur commerce de voitures.

CHAPITRE 4

Agiortok

Cinq heures. Nanuktalva était déjà dehors, contemplant son domaine. Il se levait toujours tôt, uniquement pour avoir la satisfaction d'admirer le soleil qui se faufilait à travers les pins tapissant les collines. À cent pas de la cabane miroitait l'étang qu'il avait creusé à la pelle, 20 ans auparavant. Le lieu était devenu une étape importante dans la migration des oiseaux. Au printemps, la pièce d'eau se couvrait de centaines d'oies sauvages.

Gaïa avait passé la nuit du samedi chez lui. Elle avait dormi dans la petite chambre aux larges fenêtres bâtie à son intention contre le flanc est de la cabane, afin qu'elle puisse assister au spectacle de l'astre céleste en pleine ascension. Les deux amis prirent leur petit déjeuner à l'extérieur, sur une table de bois rugueux, œuvre de Nanuktalva... aidé par Gaïa. Elle lui avait passé les clous, tenu les billots...

— Heureusement que j'étais là, pas vrai Nanuk? avait-elle reconnu, fière de son rôle dans le projet.

Plus tard, les deux amis emmenèrent les chiens courir dans le bois d'épinettes, derrière l'étang.

En chemin, les bêtes s'agitèrent tout à coup, grondant sourdement. Nanuktalva fit halte, les sens en alerte. La petite tendit un bras devant elle.

– Par là, j'entends… comme un enfant qui pleure.

– Silence, les chiens! lança le vieux, péremptoire. Couchés!

Nanuktalva prêta l'oreille, fronça les sourcils.

– Tu as raison, ma chérie. Reste ici, je vais voir. Je t'appellerai s'il n'y a aucun danger. Garde les chiens.

Nanuktalva n'eut pas à chercher longtemps pour trouver la source des lamentations. Il découvrit un spectacle qui, chaque fois, lui retournait l'estomac. C'était un jeune loup, la patte prise dans un piège aux mâchoires d'acier. La malheureuse bête devait avoir les os broyés comme des brindilles. Les origines de Nanuktalva avaient mis en lui l'instinct de la chasse – de subsistance uniquement –, mais il n'avait jamais admis l'utilisation de ce moyen cruel d'attraper les animaux. Sans compter que ce trappeur peu scrupuleux avait installé cette saleté sur sa terre. Tant de souffrance pour le seul profit! Maudite fourrure qui engendre pareille détresse.

Nanuktalva dégagea le petit animal, le prit dans ses bras puis rejoignit Gaïa. Les chiens se levèrent en grondant à son approche, mais reconnaissant l'odeur d'un loup, ils se calmèrent. La petite fille ne pleura pas. Elle regarda fixement le louveteau et lui caressa la tête, en murmurant des mots doux.

– Nanuk… il est si mignon. Un loup blanc, c'est rare hein? Pis, t'as vu ses yeux, bleus comme ceux d'un husky. Mettre des pièges, c'est vraiment méchant… Qui va s'en occuper ?

– Toi, si tu veux.

Gaïa poussa un cri qui fit se dresser la tête des chiens. Le louveteau recula vivement la sienne et se débattit avec énergie, tentant d'échapper à l'emprise de Nanuktalva.

– Comme il est blanc, je l'appellerai Qanik.

– Neige est un bon nom pour un loup. Il a la patte salement abîmée. Je m'en occuperai en rentrant. Cours appeler ton père au magasin, afin qu'il passe chez le vétérinaire acheter un tranquillisant, celui que Jean-François utilise dans ses opérations. Dis-lui aussi de prendre tout ce qu'il faut pour recoudre, panser… Il comprendra ce que j'ai l'intention de faire.

Arrivée à la cabane bien avant Nanuktalva, Gaïa téléphona aussitôt à son père, lui conta leur découverte et décrivit l'importance de la blessure du louveteau, répétant, sans rien omettre, les instructions de Nanuktalva. Connaissant la compassion de son vieil ami pour les animaux, Ryan se rendit sans attendre à la clinique de Jean-François Parent, située à deux rues de son entreprise. Il y acheta le médicament analgésique ainsi que tout le matériel nécessaire à l'opération, sans provoquer la moindre réticence de la part du vétérinaire. Les trois hommes étaient amis depuis des années.

Pendant que Nanuktalva examinait la patte sanguinolente du petit loup, Gaïa tira jusqu'au salon le coffre que le vieux utilisait pour ranger ses livres et autres menus objets. Elle le vida, éparpillant le contenu un peu partout sur le plancher, puis y installa des couvertures. Le vieil homme la regarda faire d'un air appréciateur, pour l'idée du coffre, et non la pagaille alentour.

— Si tu fais bien ça ma chérie... ce loup est à toi. Du moins pendant qu'on le soigne. Quand il sera grand, on lui apprendra à chasser. Après, tu devras...

— ... le relâcher pour qu'il retrouve sa famille, je sais. Une bête sauvage doit être libre, papa le dit aussi. Le garder serait aussi cruel que de mettre des oiseaux en cage.

* *

*

Le père de Gaïa pénétra dans le salon avec l'analgésique ainsi que d'autres produits indispensables : antibiotiques, désinfectant, bandages, aiguilles et fil catgut, employé en chirurgie pour recoudre les plaies. Nanuktalva s'empara du tout avec un sourire reconnaissant.

— Tu as pensé à tout, merci. Au travail, les enfants. Ryan, mon garçon, fais chauffer de l'eau. Gaïa, tiens notre petit ami pendant que je lui fais la piqûre.

— C'est drôle, Nanuk... moi je t'adopte comme grand-père et toi, tu adoptes papa comme fils, remarqua Gaïa.

Le petit loup s'endormit dans les bras de la fillette qui le déposa doucement sur la table du salon, déjà recouverte d'une couverture de laine. Avec des gestes précis, Nanuktalva fit deux incisions dans la peau de l'animal, une de chaque côté de la patte. Les os brisés lui apparurent. Il poussa un soupir de soulagement. Les cassures étaient nettes, en biseau. Remettre les os en place lui demanda moins de travail qu'il ne l'avait présumé. Cette étape accomplie avec succès, il sutura la blessure avec le catgut, un fil qui se résorberait dans la plaie. Lorsque les os seraient ressoudés, il ne serait pas nécessaire de rouvrir pour ôter la ligature qui les entourait. Le travail qu'il venait d'accomplir n'était certainement pas une intervention chirurgicale très orthodoxe, mais le résultat serait à la hauteur des circonstances.

Ryan retourna à Timmins. Il ne demanda pas si Gaïa voulait profiter de la voiture pour rentrer avec lui. Il connaissait sa fille. Elle avait le cœur aussi débordant de compassion que celui de Nanuktalva. Le vieux était un modèle parfait pour une enfant de cet âge. La science ancestrale d'un vieil Inuit est un trésor que la civilisation blanche devrait aider à préserver, comme un bien sacré. Les vieux Autochtones détiennent tant de secrets!

Nanuktalva étendit une pâte faite d'herbes médicinales sur la plaie et y appliqua une couche de mousse. Il banda ensuite la patte. Le petit loup dormait, toujours sous l'effet de la sédation quand Gaïa se laissa tomber dans un fauteuil en soufflant, comme épuisée après une interminable course en forêt.

– Ouf! On a bien travaillé... Pour me récompenser d'avoir entendu pleurer le petit loup la première, tu pourrais aller chercher ton livre? S'il te plaît! J'aimerais entendre d'autres... comment tu dis ça? Ah, j'y suis. Des banalités excitantes sur ta famille!

Nanuktalva prit le livre gardé à portée de main depuis que la petite réclamait les histoires de sa vie. Elle eut un rire léger quand il l'ouvrit.

– D'accord. Puisque nous avons sauvé ce loup grâce à tes oreilles magiques… allons-y pour l'histoire. Je vais tout reprendre du début, avec une adorable brune aux yeux noirs, Isabelle, ma future mère, née à Chartres, en France.

– C'est beau la France ?

– Ça, je l'ignore. Maman disait que oui.

– Mais… si elle était pas encore ta mère, comment tu sais que c'est elle qui le deviendrait ?

– Là, tu te ris de moi ! Bon, je passe sur cette petite moquerie. Maman était ethnologue, c'est-à-dire qu'elle étudiait les peuples, le rapport… les liens, si tu préfères, qu'ils avaient avec leur milieu, animal et végétal.

Il raconta… Sa mère désirait écrire un livre. Pour se documenter sur les Inuits, quel meilleur endroit que le Nunavut ? Elle voyagea par bateau jusqu'au pays des glaces éternelles, terminant avec un attelage de chiens. Isabelle fut accueillie par un Inuk majestueux, Nipalariuk, « l'Intuable », un guerrier de sept pieds, aux longs cheveux huilés à la graisse de caribou. Au premier contact, devant l'aspect redoutable de cet homme, elle éprouva de la fascination, certes, mais aussi une crainte certaine, voire de la répulsion… pour son… hum, parfum naturel.

– La répulsion, c'est quoi ?

– Quand tu regardes une chose et que ça te fait dire « Pouah » !

– Ou « Beurk » ?

– Je disais donc… le temps arrangea les choses. Cette jolie fille de la ville, habituée aux vêtements délicats, aux arômes prestigieux des grands parfums de Paris, se prit d'amitié pour le rude gaillard qui répandait autour de lui une odeur infernale de poisson avarié.

– Elle devait avoir le nez bouché ?

– Probablement. À présent, il est temps de nourrir les chiens puis de les promener. Avec le petit loup blessé, on n'est pas allés loin.

La petite fille poussa un cri de plaisir et sortit les écuelles de la petite meute. Elle les rinça, puis les remplit de la soupe qui tiédissait sur le rebord de la fenêtre. À l'approche de Gaïa, les deux malamutes sortirent de leur enclos avec des jappements d'excitation. Les autres chiens-loups demeurèrent amorphes. Ils avaient dû faire un repas pantagruélique en forêt au cours de la nuit.

Pendant que la petite s'activait, le vieux prépara une collation composée de tartines beurrées généreusement, recouvertes de mélasse verte. Ce petit repas presque terminé, Gaïa proposa un sujet de discussion.

– Passons aux choses sérieuses ! s'écria la fillette, de sa voix flûtée. Après l'odeur de poisson pourri, qu'est-ce qui se passe ?

Le vieux ouvrit des yeux étonnés.

– De quoi parles-tu donc ?

– De quand ta mère a rencontré le sauvage puant ? Ne fais pas cette tête... la promenade des chiens, je sais. On ira juste après, promis, juré !

– Tout le monde en place pour la fin de l'histoire, annonça-t-il, jovial.

Gaïa battit des mains. Elle posa le reste de sa tartine sur une soucoupe de terre cuite grossièrement façonnée et sortit vivement, impatiente, en tenant sa collation à bout de bras. Elle s'installa sur sa chaise d'arbre. Le vieux la suivit. Avec un sourire complice, il chercha sa page et se pencha sur le manuscrit. Nous en étions à...

– Quand le guerrier puant domine la Française.

– Plutôt... apprivoise. Il s'acquitta de sa... heu, tâche, subtilement, avec une délicatesse que l'on ne s'attendait pas à découvrir chez un homme si rude.

– Apprivoise, comme on fera avec le bébé loup ?

– Un peu. Mais on ne peut jamais apprivoiser un loup. Il restera toujours sauvage. Je reviens à ma mère.

– Pourtant... s'il devait apprivoiser cette femme, c'est qu'elle était un peu sauvage ?

– Chérie, tes questions sont parfois difficiles. Je reprends. Tout d'abord, la Française eut peur du sauvage puant, comme tu l'appelles, à cause de son aspect redoutable, ainsi que je te l'ai dit. Mais l'homme avait une âme pure, un cœur tendre. Il en fit la conquête avec ses yeux, ses gestes doux. Ils ne parlaient pas la même langue, mais qui s'en souciait ? Ils avaient un point commun d'importance : leur passion pour cette vaste et belle contrée qu'est le Nunavut. Elle mit huit jours à s'habituer à l'odeur d'huile rance qui suivait Nipalariuk partout.

– Ça veut dire l'*Indécrottable*, si j'me rappelle !

– Presque. L'*Intuable*.

– Alors le guerrier à l'odeur de pourri, avec de bonnes paroles, s'est fait aimer de la petite Française parfumée au Dristian D'Or ? claironna Gaïa.

– Exactement. Elle ne sentait plus rien. Le nez bouché, as-tu dit ? Elle avait d'ailleurs d'autres soucis, beaucoup plus pressants. Pour écrire sur mon peuple, elle devait commencer par apprendre l'inuktitut. Une tâche effarante, elle s'en rendit vite compte.

La gamine afficha une petite moue ennuyée.

– Talva, je ne comprends pas tout c'que tu dis, mais c'est quand même intéressant. Ta voix rend les mots jolis.

– Ma mère mit 20 minutes pour aimer l'Arctique et huit jours pour s'habituer à l'odeur de Nipalariuk, mon futur père. Au bout de trois semaines, elle maîtrisait la syntaxe de notre langue… ça veut dire la manière de construire les phrases. Un exploit digne de sa brillante intelligence.

– Mais comment elle a fait pour ne plus sentir son odeur ?

– Attends, je t'explique. Un jour de froid intense, ma mère n'eut d'autre ressource pour se protéger des engelures que d'appliquer de la graisse de phoque sur les parties de son corps exposées au vent. Ce fut le miracle. Lorsque Nipalariuk s'approcha, elle ne vit plus en lui qu'un séduisant jeune homme. Ils avaient le même âge et, dorénavant, la même odeur de… viande avariée.

– Ils puaient tous les deux ! Ça veut dire que si une de mes amies, pas très propre, sent un peu, faut que j'arrête de me laver ?

– Les choses ne sont pas si simples. Ça signifie que, parfois, il faut accepter les coutumes du peuple chez qui l'on vit. Isabelle sut très vite qu'elle était faite pour ce pays nordique. Après six mois, elle se trouva aussi à l'aise derrière un attelage de chiens qu'elle l'avait été dans les réceptions mondaines de sa jeunesse. Trois mois de plus, et Angalko, le sorcier, *mariait* la jeune Française et le guerrier du nord aux yeux bridés, au cours d'une cérémonie émouvante, durant laquelle, pour la première fois, ma mère mangea du poisson cru sans faire la grimace. Elle venait de passer de sa France lointaine à un village inuit, au-delà du cercle arctique.

— Un sacré… dépay… dépi… ânonna Gaïa.

— Dépaysement, vrai. Puis, je suis né. Quand j'eus 16 ans, mes parents s'établirent à Inuvik, au bord de la mer de Beaufort, où j'ai rencontré ton grand-père. C'est ainsi que j'appris l'inuktitut, langue de mon père, et aussi les deux langues de ma mère, le français, puis un peu d'anglais.

Mes parents sont très vieux, 94 ans pour mon père et 89 pour ma mère. J'avais 19 ans quand ils sont retournés à Iglulik, où ils avaient éprouvé leur première tendresse. Ils n'ont plus jamais quitté le Nunavut.

— Et ta sœur ?

— J'ai oublié de te reparler d'elle ! Leur errance terminée, ma mère eut une fille, au cours d'un hiver difficile alors que mon père chassait au loin. C'est là qu'une tragédie faillit se produire. Sitôt après la naissance, mon oncle paternel s'empara du bébé pendant que ma mère dormait. Il tenta de l'enfouir sous la neige. Dans la génération de mon père, les filles étaient peu importantes.

Gaïa ouvrit grands les yeux, incapable de prononcer un mot. Nanuktalva ne se rendait pas compte à quel point la petite fille était horrifiée.

— Mon Dieu, c'est aussi méchant que de mettre des pièges à ours sur les sentiers qu'ils suivent pour chercher leur nourriture !

— Tu as raison, pas facile de comprendre cette façon d'agir, mais tu dois penser à l'endroit où cela s'est produit. La vie est difficile, dans une région si froide. Les familles ont besoin des garçons, pour chasser avec leur père, mais les filles sont considérées comme des bouches inutiles. L'hiver, les gens disaient *arnainaogman*, après s'être débarrassés d'un enfant fille... « Parce que c'était seulement une fille » ou encore *aoyaogman*, « Parce que c'est l'été ». Durant ces deux saisons, les filles étaient étouffées.

À ces mots, Gaïa éclata en sanglots.

– Moi... si j'étais dans ton village... s'il faisait très froid... ou trop chaud... tu me tuerais ?

Les yeux de Nanuktalva se remplirent de désarroi. Il réalisa la terrible erreur qu'il venait de commettre en livrant à l'enfant cette ancienne et cruelle coutume tribale. Il attira la petite fille contre lui.

– Pardonne-moi, je n'aurais pas dû te parler de ça, Tiriganiak chérie. Comment peux-tu penser une chose pareille ? S'il n'y avait plus qu'un bout de pain dans cette maison, il serait pour toi. Mais laisse-moi finir mon histoire, elle se termine bien. J'avais six ans, ton âge, quand mon oncle a pris ma sœur, je me suis jeté sur lui en hurlant. Ma mère s'est réveillée, elle l'a fait sortir. Puis mon père est rentré de la chasse. Il s'est battu avec son frère. Après cela, ils ne se sont plus jamais parlé. Ma sœur est morte, mais plus tard, de maladie.

– Si cette petite fille n'était pas morte, tu l'aurais aimée plus que moi ?

Il sourit devant l'air anxieux de Gaïa.

– Sûrement pas, mon cœur. Bon, suffit. Tes parents ont insisté sur ton retour avant midi. Ils doivent t'emmener en ville acheter tes nouvelles chaussures. Je te conduis là-bas. Prépare tes affaires, ma petite belle.

Il referma son livre sous les yeux dépités de la fillette. Il en était toujours ainsi. Elle pouvait l'écouter parler pendant des heures, capacité rare chez une enfant si jeune.

– Avant, on va pas...

– D'accord. On promène les chiens, puis on les laisse en liberté pour le reste de la journée.

– Comment on dit chien, dans ta famille ?

– On ne dit pas « chien », mais ce qu'il représente à nos yeux, soit : *Okrayuimatta kisemik*. Ce qui signifie : « Parce qu'il ne sait pas parler, c'est tout. »

– Étrange nom... Ah ! Je crois que j'ai compris. Le chien nordique est si formidable qu'en fait, la seule chose qui le différencie des hommes, c'est que lui ne sait pas parler !

– Exactement. Tu es... Je t'adore Tiriganiak. À présent, on attelle nos amis !

Gaïa s'élança en criant vers le chenil situé derrière la maison. La porte en était toujours ouverte, mais les bêtes affectionnaient leurs confortables niches remplies de paille. Durant la journée, aucun besoin de les attacher. Le vieux lui emboîta le pas avec une poignée de biscuits. La promenade allait se faire en traîneau à roulettes, à l'insu de maman, bien entendu.

– Tu ne vas pas me ramener à la maison avec ? Maman ne serait pas...

– Ne crains rien ma fille. Nous faisons juste un tour dans le bois. On prendra la camionnette pour aller chez toi.

– *Koanapargonartok*, grand merci, pour tes belles histoires, lâcha-t-elle avec une crispation rapide des lèvres. Même si elles me font pas toujours pouffer de rire.

La fillette distribua les biscuits aux chiens pendant que Nanuktalva préparait le traîneau muni de petites roulettes qu'il utilisait l'été. Ensuite, il harnacha ses malamutes à la queue leu leu, attelage qui convient parfaitement à une marche à travers les arbres.

— Nanuk, j'ai vu un jour des Naskapi, qui attachaient leurs chiens en éventail, pourquoi ça ?

— Ça devait sûrement être pendant l'hiver. Pour traverser les lacs et les rivières, c'est recommandé. Si on courait sur une rivière avec un attelage en file et que le premier chien passait à travers la glace trop mince, tous les autres, dans leur élan, seraient entraînés dans le trou.

Le vieux étala une brassée de foin dans la caisse du *komatik*, un beau traîneau fabriqué sur le modèle de ceux de son peuple. Il y installa Gaïa, rayonnante de plaisir. Enfant indomptable ! Elle n'avait peur de rien.

— Marchez, mes beautés ! lança l'homme.

Ces petites promenades avec la fillette lui rappelaient ses jeunes années. Gaïa jeta un cri et pouffa, de ce rire aigu qui plaisait tant au vieux. Le traîneau filait. La piste se tortillait à travers le bois au plus grand bonheur de l'enfant qui s'esclaffait pour des riens.

*   *

*

Nanuktalva reconnut aussitôt la mince silhouette qui se dirigeait vers eux. Il sut à son air sévère que des ennuis s'annonçaient. La mère de Gaïa se tenait sur le bord du chemin. Sa voiture était garée plus loin. Il arrêta son attelage à la hauteur de la jeune femme, une brune au visage agréable, dont la physionomie, à cette minute, n'affichait qu'exaspération.

— Maman ! s'écria joyeusement Gaïa.

— Descends tout de suite ! se fâcha sa mère. Nanuktalva, je vous ai déjà dit que je ne voulais pas voir ma fille embarquer dans ce genre d'aventure. Elle pourrait s'y briser le cou.

— Elle ne risque rien, Maikan-Waapaw. Regarde comme elle se tient bien. Solide comme un garçon !

— Mais c'est une petite fille, un bébé ! Vous m'avez dit que vous l'amèneriez en carriole à cheval. J'ai eu un doute... donc, me voilà. On dirait que j'ai bien fait.

Le vieux s'excusa. Se penchant sur le traîneau, il saisit un petit objet enveloppé dans une peau de lapin, qu'il tendit à son amie.

— Ça peut ressembler à une manière de se faire pardonner, pourtant, ceci n'a rien à voir.

Le visage de Maikan-Waapaw prit un air gêné, s'empourpra. Une querelle avec Nanuktalva lui était quasiment impossible. Elle accepta le présent avec un sourire contraint et développa le paquet, tout en parlant.

— Nanuktalva, à votre âge, ces courses de chiens, ces galops à cheval, ces bagarres dans les restaurants...

Elle ne termina pas sa phrase. Elle tenait entre ses mains tremblantes deux chandeliers représentant des loups hurlants, sculptés dans une branche de cèdre. Les détails en étaient d'une étonnante précision. Ses yeux s'embuèrent.

— Ils sont... Seigneur, si beaux ! Jamais je n'aurais imaginé que vous étiez à ce point habile. Nanuktalva... prenez soin de ma fille.

Il afficha une mine grave.

– Maikan-Waapaw, je ne ferais jamais rien qui puisse mettre sa vie en danger. Tu as quitté ta tribu trop jeune pour te souvenir, mais dans ton peuple, tous les enfants apprennent très tôt ces choses que je montre à la petite. Souviens-toi… je t'emmenais aussi en traîneau quand tu n'avais même pas trois ans. Quant aux bagarres dans les restaurants, il n'y en a eu qu'une, durant laquelle je n'ai fait que me défendre.

– Je vous… excusez-moi Nanuktalva. Je venais vous voir… en fait Ryan est occupé au magasin toute la journée. Pour les chaussures de Gaïa, on verra demain.

– Alors, je peux me promener en traîneau maman ? S'il te plaît, dis oui ? implora Gaïa, d'une voix suppliante.

Après un regard à Nanuktalva d'où toute trace de reproche avait disparu, sa mère fit demi-tour et s'éloigna. Elle monta dans sa petite voiture et reprit le sentier qui menait à la ville. Gaïa sauta prestement du traîneau, se pendit au cou de son vieil ami.

– On a gagné ! Je t'aime tant, Papounet… Pour fêter notre victoire… dis-moi un mot vraiment… vraiment…vraiment long, mais drôle en même temps, qu'il soit surprenant.

Le vieux fronça les sourcils et lâcha, d'un seul souffle :

– *Annaodjutiksatuarigomagaluaraptigo.* Voilà !

– Là, c'est n'importe quoi !

– Pas du tout. J'ai dit : « Parce que nous voulons cependant avoir celui-là comme moyen de nous sauver. » Je te traduis cette phrase : *Annao*, sauver, *djuti* : moyen, *Ksa*, ce qui…

— Je sais, les mots du début expriment l'idée de la fin.

— De plus, le mot complet est une pensée unique.

— C'est dur de parler *minutcriturk*. Aussi compliqué que de réciter l'alphabet à l'envers.

Nanuktalva ne donna pas plus d'explications à l'enfant. Elle ne comprendrait jamais ce qui demeurait quasi incompréhensible, même pour les Blancs les plus avertis. On pouvait faire d'incalculables phrases avec les mots, suivant l'endroit où l'on insérait le suffixe ou l'infixe. Par contre, une seule lettre mal placée, et la pire des insultes ou quelque monumentale incongruité était lancée. Quant à la grammaire... Les verbes se conjuguaient comme en latin. Les pronoms servaient à mettre l'accent sur l'idée. La fin du verbe exprimait la personne, le temps. Il n'y avait pas d'article. Les adjectifs étaient des verbes... « Un fouillis ! » disaient les Blancs. « Une langue magnifique », répliquaient les Natifs. « Mais pourquoi de si longs mots ? » demandaient les curieux.

Là, Nanuktalva devait avouer que l'Inuit se faisait attraper à son propre jeu. Les suffixes ne pouvaient se dire qu'avec un mot et il fallait des infixes pour relier les mots entre eux. Le premier renvoyait au second. Quand l'Inuit se mettait à parler, il était incapable de s'arrêter, disait son père.

— Tu fais tant de belles choses pour moi, grand-papa Nanuk... Je t'aime si fort... que des fois, ça me donne envie de crier.

À la grande surprise de l'enfant, les yeux de Nanuktalva s'emplirent de larmes.

— Pourquoi tu es triste. Je t'ai fait de la peine.

— Au contraire... je suis... si content.

– Quand on est content, on rit, y m'semble ?

Le vieux se mit à rire, alors que ses larmes coulaient encore sur ses joues parcheminées.

– Nanuk, tu me mélanges complètement avec tes réactions bizarres. Pour faire un peu plaisir à maman, prenons la voiture pour rentrer, pas le cheval. Avant, attends. Une chose m'agace… j'ai demandé à maman, elle a l'air toute mélangée. Moi, je suis quoi, Anglaise ou Française ?

– Tu es Métis.

– C'est quoi ça ?

– À moitié Autochtone, à moitié Canadienne française.

– J'suis une moitié ou deux ? Quelle horreur ! répliqua-t-elle offusquée. Pis toi, t'es quoi ?

– Une moitié aussi.

La petite fille le détailla des pieds à la tête, ouvrit les yeux démesurément.

– Heureusement que toi t'es juste une moitié. Si t'avais été entier… Brrr ! J'tremble rien qu'd'y penser.

– En avant les moitiés, finissons notre balade. Les chiens s'impatientent.

Leur promenade en traîneau d'été terminée, ils rentrèrent à la cabane, où Nanuktalva prépara un repas léger à sa jeune amie. Puisque le magasinage avec la mère était annulé, il pouvait garder l'enfant jusqu'au dîner.

Nanuktalva avait rarement été aussi heureux.

– Pas de chaussures, ça veut dire qu'on est libres… Youpiiiii ! cria l'enfant.

Ils allèrent jusqu'au lac. Là, il leva les yeux, vers l'est, tendit les bras devant lui et se mit à rire, pour rien, comme ça, pour le simple plaisir, par fierté d'être Inuk. *Agu tao gama lonin.* Je suis l'homme !

Orgueil qui vaut bien le rire d'un vieil Inuit, même de grands cris de joie. *Pitkroya*. C'est l'habitude. Crier ! Une chose qu'il n'aurait jamais faite, avant, en présence de la petite. Seul, il ne se gênait pas pour hurler, les bras tendus vers l'est, vers le soleil levant, royaume du Grand-Esprit. Il hurlait à en perdre haleine sa gratitude à l'Être suprême.

Un jour, Gaïa l'avait entendu. Sans s'étonner, ni le questionner sur cette incongruité étonnante, elle avait joint son filet de voix cristalline à celle tonitruante de son ami. Elle aussi, gravement, avait remercié le Grand-Esprit pour les beautés de son monde, avec un cri aigu qui s'amplifia avec le temps, alla son chemin au fil des années. À chaque nouvelle expérience, elle était transfigurée, les yeux brillants de plaisir. Depuis, l'enfant et l'Inuk criaient ensemble, sans témoin. Ils montaient sur « leur » colline, toujours la même. Là, tournés vers l'endroit du premier soleil, ils hurlaient, n'importe quoi, simplement un cri, pour le bonheur de faire du bruit semblait-il. Du moins l'enfant le croyait-elle. Nanuktalva lui dirait, plus tard, quand elle comprendrait mieux les mystères de la vie, que c'était par de semblables manifestations de joie que l'humain se dépassait, parvenait à se perdre dans l'immensité du ciel et des puissances célestes. Le cri effaçait les mots, les pensées négatives de l'esprit. Il libérait de la tension accumulée, rapprochait du Créateur. Son cri à lui, c'était : « Va te faire foutre, Agiortok ! », le mauvais esprit des glaces. Nanuktalva prononçait ces mots dans sa langue natale, évidemment, afin que l'enfant ne comprenne pas.

CHAPITRE 5

Le temps des larmes

Le vieux travaillait dans son atelier. Gaïa était avec sa mère à Timmins, c'était la journée de sa visite gourmande à la pâtisserie D'Amours, située rue Saint-Joseph. L'enfant devait arriver à la cabane vers midi. Sa mère l'amena une heure plus tôt car elle devait se rendre chez son dentiste dans l'après-midi. Elle entra chez Nanuktalva. Il n'était pas là. Elle se fit un café pendant que Gaïa se rendait à l'atelier où elle venait d'entendre un air de musique. Lorsque la jeune femme eut constaté que sa fille entrait dans la petite cabane en planches, elle reprit le chemin de la ville.

L'Inuit était absorbé par son minutieux travail de sculpture. Dans son dos, une petite voix le fit violemment sursauter. Gaïa se tenait sur le pas de la porte. Nanuktalva n'eut que le temps de jeter un linge humide sur son ouvrage.

— Seigneur ! Tu n'as pas le droit d'être là, je te l'ai dit cent fois, nom de nom ! lança-t-il, plus bourru qu'il ne l'aurait souhaité.

L'enfant, un instant pétrifiée par cette gronderie imméritée, éclata en sanglots. Le temps que

Nanuktalva réalise la peine qu'il venait de lui faire, la petite fille avait enfourché sa bicyclette. À coups de pédales désespérés, elle se rendit à la cabane, d'où elle téléphona à sa mère de venir la récupérer en chemin. Elle serait sur la route. Nanuktalva demeura longtemps à la porte de son cabanon, ne sachant quelle attitude adopter. « Satané imbécile que je suis, s'insurgea-t-il en lui même. Dire que c'est pour elle que je fais ce buste... »

Après avoir fermé son atelier à clé, Nanuktalva sella son cheval et se rendit chez les Beaubien. Maikan-Waapaw venait de rentrer avec sa fille. Elle affichait un visage courroucé de circonstance. Il fallait s'y attendre, songea le vieux avec embarras. La jeune femme lui fit sentir sa réprobation d'un ton âpre dès qu'il eut posé le pied dans le vestibule.

– Que lui faites-vous donc, Nanuktalva ? C'est insensé. Vous lui mettez la tête à l'envers avec toutes vos histoires. Ç'a commencé par les petites filles étouffées à la naissance. Nous avons été épouvantés que vous ayez osé raconter semblable horreur à une enfant de cet âge. Pourtant, nous nous sommes abstenus d'intervenir, mettant la terrible confidence sur le compte d'une maladresse de votre part. Mais là, Nanuk... ça dépasse tout ! Vous avez crié après elle, crié ! Ça commence à faire beaucoup de sottises. Je n'oublie pas non plus les balades en traîneau. Et maintenant, cette interdiction ridicule d'entrer dans votre grange comme si vous y gardiez les joyaux de la couronne d'Angleterre ! La pauvre chérie est dévastée. Sitôt rentrée, elle s'est précipitée dans sa chambre. Elle reste assise, regarde par la fenêtre, sans réaction. Elle ne pleure même pas, c'est bien ce qui m'inquiète. Gaïa ne sait plus où elle en est avec vous. Les sentiments qui vous unissent sont admirables, je le reconnais, mais certainement trop cher payés.

Nanuktalva ne sut que balbutier quelques vagues explications. Maikan-Waapaw y décela bien la détresse du vieil ami, mais elle ne pouvait revenir en arrière. C'étaient des malentendus, bien sûr, mais ils étaient inacceptables. Son cœur de mère ne les tolérait plus.

Cherchant timidement à se justifier, Nanuktalva conta à la jeune femme ce qui s'était produit, insistant sur le fait qu'il voulait à tout prix dissimuler à Gaïa le cadeau qu'il lui destinait. En vérité, l'incident était anodin. Par contre, il n'osa pas aborder la question des petites filles sacrifiées à la rigueur des hivers du Nunavut. Un sujet par trop délicat. Il n'aurait su quels arguments présenter pour se justifier.

Devant son air contrit, Maikan-Waapaw ne put conserver le moindre ressentiment envers lui, même si elle se sentait obligée de le mettre en garde. Ce vieil homme pathétique était l'ami de sa famille bien avant qu'elle ne naisse. Ayant peu connu ses parents morts au cours d'une épidémie, elle l'aimait comme un père. Nanuktalva l'avait gâtée quand elle était enfant, jouant avec elle, la promenant dans les bois, lui racontant histoires et légendes sur le peuple innu, tout comme il le faisait aujourd'hui avec Gaïa. Maikan-Waapaw fermait les yeux sur ses petites folies. Parfois, lorsqu'il allait trop loin dans ses excentricités, elle savait trouver les mots justes pour exprimer son désaccord sans avoir à vexer le vieil homme. Mais là, il avait exagéré. Ce genre de comportement devait cesser.

– Elle vous aime beaucoup, Nanuktalva.

– Je tiens aussi énormément à elle, Maikan-Waapaw, tout comme je vous aimais, Ryan et toi, lorsque vous étiez encore des bébés. J'aime Gaïa comme… comme…

– Votre fille. Je sais, Nanuktalva, mais vous devez remettre les choses à leur place véritable. Elle est *notre* fille, à Ryan et à moi, pas la vôtre. À la maison, elle parle de vous à tout propos. « Nanuk a dit ça, Nanuk a fait ça. » Ce n'est pas que nous soyons jaloux, vous aimer est facile, c'est une bonne chose pour une enfant d'avoir un grand-père tel que vous. Mais nous avons nos valeurs, celles que nous voulons que notre fille adopte dans sa vie. Il ne faut pas que vos croyances se mettent en travers des nôtres. Elle a pour vous des mots… d'admiration, qu'elle n'a pas pour son propre père. Seigneur, que suis-je en train de raconter !

– J'ai déjà expliqué à Tiriganiak que…

– Elle s'appelle Gaïa. Nanuktalva, ce que j'ai à dire est… malaisé. Ryan et moi avons décidé… enfin, suggéré que…

Le vieux sentit sa tête tourner. Ses jambes se mirent à trembler. La fin de cette phrase, il l'entendait déjà, mot pour mot. Ce fut lui qui la prononça. Elle lui fit encore plus mal.

– Je ne dois plus la garder.

Les yeux remplis de larmes de Nanuktalva bouleversèrent la jeune femme à tel point qu'elle se précipita dans ses bras en pleurant.

– Mon Dieu, je ne sais plus, Nanuktalva. Nous voulons agir pour son bien, mais je réalise que ce serait difficile pour nous aussi de ne plus vous voir chaque jour. Gaïa vous aime à un degré que nous aurions eu du mal à imaginer… on n'y peut rien. C'est son cœur qui parle. Alors… enfin, elle apprend beaucoup à votre contact, de belles leçons de vie. Mais certaines choses que vous faites ou dites, nous dérangent. Prenez garde de ne plus blesser notre petite Gaïa. Il suffit d'une parole malencontreuse pour bouleverser une enfant aussi sensible.

*   *

*

Les années avaient coulé paisiblement sur la vie des Beaubien et de leur ami Nanuktalva. Gaïa était devenue une charmante demoiselle de 14 ans. D'une intelligence vive, elle venait de sauter deux classes. Aussi, le ministère de l'Éducation lui avait-il accordé une dispense afin qu'elle puisse entrer en quatrième année du secondaire. Le journal francophone *Les Nouvelles*, de Timmins, avait évoqué les qualités exceptionnelles de la jeune fille, sous la plume experte de Claire Durocher.

Soigné avec diligence par la jeune fille, *Qanik* s'était rapidement remis de sa terrible blessure. Non sans un pincement au cœur et force larmes, Gaïa l'avait renvoyé à sa vie sauvage dès qu'il avait été en mesure de se nourrir par ses propres moyens. Quand elle rentrait de l'école secondaire Renaissance, l'animal revenait parfois la retrouver à l'orée du bois. En apercevant Gaïa, il lançait un court hurlement à son intention, puis retournait à son vagabondage.

Au début des vacances de Pâques, ses parents permirent à l'adolescente de passer une fin de semaine complète chez Nanuktalva. Dormir en pleine forêt la comblait de plaisir. Elle était en train de défaire sa valise le premier soir, dans sa petite chambre, lorsque Nanuktalva l'appela.

— J'y pense, fit le vieux avec un sourire malin, Anok'e a fait des bêtises…

— Mon Dieu, comment ça ? s'affola Gaïa.

— Elle va avoir des petits.

— Mais, tu l'avais fait opérer, comme les autres !

— Justement non, pas elle. Un oubli, le manque de temps… mais surtout, une erreur de ma part. Jamais je n'aurais cru qu'elle se sauverait pendant deux jours à la recherche de… enfin. Le papa doit sûrement être un loup du coin.

— La coquine ! Elle a eu de la chance de ne pas se faire dévorer ! Enfin, si le père est un loup gris, ses petits vont être magnifiques.

* *
*

Tout naturellement, le vieux prenait part aux réunions familiales des Beaubien. Pour le père et la mère de Gaïa, cela allait de soi. Nanuktalva leur avait si souvent rendu service, que lui ouvrir leur maison afin d'en recevoir quelque conseil relevait de la plus élémentaire logique.

De son côté, le vieil ami ne mentionnait plus les fameuses expéditions à cheval ou en raquettes à travers le Canada, qu'il avait rêvé d'entreprendre avant d'être « un vieux vraiment vieux ». Comprenait-il enfin que ce genre de folie n'était plus de son âge ? Une chose en lui était néanmoins perceptible. Depuis quelques semaines, son humeur s'était assombrie. Nanuktalva acceptait-il mal de vieillir ? Il semblait préoccupé, n'était plus aussi volubile qu'à l'ordinaire, manquait d'enthousiasme, oubliait des anecdotes dans les histoires de sa vie.

La morosité de l'Inuit rendait Gaïa nerveuse. La jeune fille subissait les contrecoups de ce comportement inexplicable. Elle prenait moins de plaisir à ses travaux scolaires, souriait rarement, avait perdu un peu de son sens de l'humour. Signe indiscutable de son bouleversement, elle n'éprouvait plus l'envie de se rendre avec sa mère à la pâtisserie du village, où elles avaient pris l'habitude, une fois par semaine, d'aller s'empiffrer de choux à la crème.

La jeune fille sombrait lentement dans le désespoir. Si Nanuktalva ne l'aimait plus ? Craignant d'embarrasser son ami en le questionnant sur cette mélancolie qui la troublait tant, elle confia son appréhension à ses parents. Ce qui motivait l'inquiétude de leur fille les affligeait pareillement. Maikan-Waapaw se rendit sans attendre chez Nanuktalva.

Étonnamment, elle ne sut comment aborder le délicat sujet qui l'amenait. Elle parla de diverses choses, toutes anodines. Le vieux, fin psychologue, comprit son embarras. Il alla droit au but, sans que son amie ait eu besoin de lui exprimer son inquiétude.

— Cette enfant est d'une grande sensibilité. Elle ressent les évènements à venir comme un animal sauvage, commença-t-il. J'ai... j'ai reçu une lettre d'un neveu. Mes parents sont très malades. Il s'agirait d'une maladie infectieuse foudroyante. Il y a déjà cu 14 décès dans la communauté. Mon neveu me dit de venir au plus vite si je veux les revoir en vie.

Maikan-Waapaw sentit son cœur se serrer. Le vieil homme ne lui laissa pas le temps de réagir et poursuivit.

– Il y a autre chose, autant te le dire. J'ai vu un spécialiste l'hiver dernier. Je ne vais pas bien moi non plus. Je souffre de rhumatismes déformants, aussi d'un début d'arthrose dans les hanches. Certains jours, j'ai du mal à me mouvoir. Le docteur dit que la progression du mal peut être rapide ou me laisser quelques années de répit …

La mère de Gaïa ne voulut pas blesser sa fierté et ne le questionna pas sur le diagnostic. Toutefois, elle dut retenir ses larmes.

– Quand… quand partez-vous Nanuk ?

Il ne répondit pas tout de suite, mais prit une grande respiration, la gorge douloureusement nouée. Tous deux songeaient à la même chose. Gaïa supporterait difficilement ce départ. Il ne fallait rien lui dire sur le mal qui rongeait Nanuktalva.

Deux jours avant qu'il ne parte, *Anok'e* mit bas une portée de huit chiots adorables, ressemblant tout à fait à des loups gris. Gaïa aurait ainsi une petite consolation lorsqu'elle apprendrait sa fuite, se tranquillisa le vieux.

*　　*

*

Car c'était une fuite. Nanuktalva n'eut pas le courage d'affronter l'instant des adieux Il s'en alla sans revoir sa jeune amie. Il confia chiens, loups et chevaux à un voisin naskapi et quitta sa petite maison pour se rendre à l'aéroport de Timmins. Il souffrait de quitter ses amis ainsi que le petit domaine forestier où il avait vécu si paisiblement tant d'années, mais il était surtout déchiré à l'idée de laisser Gaïa derrière. Elle représentait tant pour ce vieil homme solitaire ! Nanuktalva était suffisamment réaliste pour ne pas ignorer qu'une fois de retour au pays des banquises infinies, il pourrait ressentir l'envie d'y rester. En effet, là-bas, il serait « chez lui ». À quoi bon se leurrer ? Nanuktalva appartenait au Nunavut.

Aimait-il ce nord-là plus que Gaïa ?

Nanuktalva retourna donc sur le territoire où s'étaient déroulées ses aventures de jeunesse. Sa mère était devenue fragile et son père ne se portait guère mieux. Nanuktalva décida de rester auprès d'eux afin de les accompagner de son affection, vers leur grand voyage au-delà de l'horizon. La mort les emporta en six semaines.

Alors, Nanuktalva s'éloigna seul sur la toundra. Abattu, ne sachant que faire du reste de ses jours, le vieil homme partit du village, sans préciser sa destination aux membres de la tribu. Il avait besoin de solitude pour faire un retour sur sa vie, analyser les choses qu'il avait faites, leur trouver un sens. Dans cette optique, Nanuktalva planta sa tente sur la terre déserte du Nunavut. Il reprit la chasse, telle qu'il l'avait pratiquée avec son père, 50 ans plus tôt. En réalité, comme les anciens de son clan, il avait quitté la communauté pour mourir, ainsi que le voulait la coutume.

*   *

*

Gaïa vivait mal l'absence de Nanuktalva. La jeune fille en était malade. Elle négligeait son apparence physique, elle pourtant si coquette. Il lui arrivait de se montrer désagréable, voire agressive avec ses amis. À l'ordinaire si docile, elle se rebellait ouvertement contre l'autorité de ses enseignants et de ses parents. La tension devenait parfois intenable au domicile des Beaubien. Cela faisait longtemps que le vieil homme était parti ! Huit semaines déjà ! Que se passait-il ? Certes, il avait écrit une courte lettre, mais le service des postes était inefficace dans cette lointaine contrée où les gens pauvres se déplaçaient encore en traîneau à chiens. Une autre lettre s'était-elle perdue ?

Un soir, Ryan et sa femme parlèrent longuement de la situation apparemment inextricable à laquelle leur famille était confrontée depuis le départ de Nanuktalva. La tristesse de Gaïa les désespérait. Deux autres semaines et elle sembla dépérir, comme une fleur privée de soleil. Elle maigrissait, son teint perdait de sa fraîcheur, ses yeux n'avaient plus ces reflets brillants qui disaient son bonheur de vivre. Elle pleurait sans raison apparente et faisait des cauchemars.

Après mûre réflexion, ses parents écrivirent à Nanuktalva deux simples phrases, qui disaient bien l'épreuve que leur famille traversait.

« Notre petite fille a besoin de vous, Nanuk. Et nous aussi. »

Mais reviendrait-il ?

CHAPITRE 6

Le secret

Nanuktalva ignorait que les siens, inquiets, le recherchaient désespérément. Après trois semaines à sillonner l'arrière-pays, Kogak Sikoyok, « Rivière-Gelée », retrouva le vieil homme. Tout le monde au village l'avait cru mort, excepté ce jeune cousin de Nanuktalva. Pour lui, le vieil homme était trop exceptionnel pour que l'Arctique ait si aisément raison de lui.

Kogak Sikoyok apportait à son oncle le message de ses amis francophones. Lorsqu'il en eut pris connaissance, Nanuktalva sembla émerger d'un long rêve. Que faisait-il là, sur cette terre glacée, sans la moindre présence amicale, le soir, autour de son feu ? Savoir sa petite Gaïa malheureuse modifia instantanément ses plans. Rien en fait ne le retenait à Iqaluit. Pourtant, malgré son impatience de retrouver ses amis, quitter le Nunavut lui fut difficile. Il n'ignorait pas qu'il ne lui resterait plus assez d'énergie pour y revenir un jour.

*   *

*

Gaïa allait avoir 16 ans lorsqu'il posa sa petite valise dans sa cabane. Sa maladie l'affectait mentalement. Il se sentait diminué et terriblement seul durant cette épreuve.

L'arrivée du vieux rendit *Anok'e* hystérique et ses louveteaux passablement nerveux. Ils se sauvèrent peureusement dans le bois. Mais voyant leur mère accueillir Nanuktalva avec de telles démonstrations de plaisir, ils s'apprivoisèrent, sentant instinctivement que l'étranger était un homme bon. Leur plaisir dès lors se manifesta tout le reste de la journée. Ils ne manquaient jamais, en passant près de lui, de se frotter contre ses jambes ou de passer un coup de langue rapide sur sa main.

Le vieux eut en arrivant chez lui une raison de plus de s'émouvoir. La maladie avait sévi dans sa meute, emportant deux chiens. De plus, son voisin n'avait pu empêcher les durs combats contre des prédateurs qui tentaient de s'installer sur la terre de Nanuktalva ; encore d'autres morts. Il ne restait que la vieille *Anok'e* et cinq de ses louveteaux. Gaïa était venue les voir quand ses études lui laissaient un peu de répit. Pour leur survie, elle ne pouvait rien faire. À demi sauvages, ils se débrouillaient dans la forêt, comme les chasseurs qu'ils étaient. Elle les avait surnommés les presque loups. Devenus adultes, les trois qui manquaient avaient tenté l'aventure vers la liberté des grands espaces, formant une petite meute qui était parvenue, après de mémorables luttes territoriales, à s'imposer face à une autre meute, dans la région boisée très giboyeuse. Ils s'en sortiraient, sans aucun doute, si le gouvernement ne les massacrait pas comme il le faisait avec tous les prédateurs.

Le regard du vieil Inuit accrocha la ligne d'horizon bleuie par les pins. Les montagnes dentelées du nord avaient toujours tiré un soupir de bonheur de sa gorge, ainsi que l'avait ému l'immensité de son Arctique natale. Il était de retour.

Sans avoir prévenu ses amis, Nanuktalva se présenta à leur pavillon un dimanche matin. Il savait les y trouver réunis avant leur départ pour la messe à l'église communautaire Saint-Dominique du Rosaire. La joie de Gaïa fut difficile à endiguer. Elle se montra exubérante, pleura pour de petits riens, riant encore avec une semblable facilité. Observer de tels débordements chez leur fille fut cause d'une indiscutable peine pour ses parents. La petite jalousie parentale, normale en la circonstance, refaisait surface, mais l'ayant déjà éprouvée, ils surent mieux l'affronter.

Exceptionnellement, Gaïa ne les accompagna pas à l'église, ce qui leur parut très compréhensible. Elle n'eut pas à convaincre ses parents de la laisser suivre son ami. Eux aussi auraient aimé demeurer avec lui, mais ils n'ignoraient nullement ce que ces retrouvailles représentaient pour leur fille. La jeune fille devait renouer les liens de leur amitié. C'était d'une importance capitale.

Elle accompagna donc Nanuktalva jusque dans son domaine au cœur de la forêt. Il lui avait promis de l'emmener voir un énorme barrage de castors où vivait une colonie d'une trentaine de bêtes.

Nanuktalva fit du chocolat chaud, beurra des tartines. Puis, les deux amis sortirent devant la porte. Lorsque Gaïa vit qu'avant de venir chez ses parents, le grand-père avait retaillé la chaise d'arbre aux mesures d'une adulte, elle se mit à pleurer. La prenant dans ses bras, le vieil homme mêla ses larmes à celles de la jeune fille. Ils avaient de longs mois de souvenirs à faire revivre, de vieilles histoires, des nouvelles aussi.

Parlant d'histoires...

– Reprends la dernière, à l'endroit où tu l'avais laissée, insista-t-elle. Quand ta mère se marie.

Nanuktalva sourit, toujours étonné par la prodigieuse mémoire de sa jeune amie. Ils éclatèrent de rire à l'unisson. La vie retrouvait un peu de vigueur dans le cœur de Nanuktalva. Ils sortirent, marchèrent main dans la main jusqu'au bord de l'étang. Nanuktalva était désespéré. Alors que tout semblait rentrer dans l'ordre, voilà que le Grand-Esprit le rappelait à lui. Il était trop tôt !

Ne plus revoir Gaïa chaque jour...

*   *

*

Dès que Nanuktalva se fut réinstallé sur sa terre, il reprit naturellement ses habitudes de vie. Comme par le passé, il allait chercher Gaïa après ses cours... mais cette fois, à l'Université de Hearst, le seul établissement postsecondaire francophone de l'Ontario. Ensuite, la jeune fille et le vieux revenaient ensemble, comme avant. Une fois chez lui, Gaïa redevenait la petite fille adorable qui tout au long de ses jeunes années avait charmé le vieil Inuk, lui demandant son histoire, d'une voix chargée d'émotion...

Tout à fait comme auparavant.

Mais à présent, entre eux, existait davantage encore que ces histoires : un secret jalousement gardé. Pour une raison qui n'appartenait qu'à lui, Nanuktalva avait commencé à entraîner Gaïa dans le but de la faire participer aux Jeux arctiques des Autochtones inuits et dénés qui rassemblaient les athlètes du Grand Nord, canadiens, américains, russes, groenlandais et scandinaves. Les épreuves se déroulaient tous les deux ans, dans une ville nordique différente. Les prochains jeux auraient lieu à Whitehorse, dans le territoire du Yukon, du 20 au 27 juillet. Tout avait commencé à Québec en 1967, par des jeux non officiels, qui incitèrent les organisateurs à créer des épreuves qui ne seraient offertes qu'aux tribus arctiques. Les premiers vrais Jeux inuits et dénés eurent lieu le 14 mars 1970.

Gaïa étant métisse, Nanuktalva avait dû lui obtenir une dispense, facilement accordée, puisque l'entraînement de la jeune fille était supervisé par une personne originaire d'un peuple autochtone. Ainsi, Gaïa s'astreignait-elle depuis six mois à des exercices qui auraient rebuté nombre de jeunes gens plus solides. Elle participait aux dures séances de mise en condition avec enthousiasme : course d'endurance, levée de poids, tir à l'arc et au fusil, sans oublier le fameux *aratsiak*, « coup de pied dans la balle », spécialité de la petite communauté d'Holman, dans l'île Victoria, au nord du cercle arctique. Il s'agissait d'un exercice difficile, au cours duquel le participant devait frapper une balle de cuir ou un morceau d'os, attaché à un fil pendu plus haut que sa tête. Le joueur se tenait à trois mètres de la cible, s'élançait, sautait, lançait le pied en l'air. Il devait atteindre la balle avec un pied et retomber sur le même pied. Une fois l'exercice réussi, la balle était remontée de quelques centimètres. Dans une variante, l'épreuve *akratcheak*, l'athlète devait toucher cette balle avec les deux pieds et se recevoir en position verticale. Enfin, restait le célèbre corps à corps inuit, qui ressemblait un peu à la lutte gréco-romaine.

Jour après jour, Gaïa endurcissait ses muscles, mais aussi son esprit. « Un corps en parfaite santé abritera une âme sereine », lui avait dit Nanuktalva. Elle n'aurait pu contredire cette affirmation. Elle se sentait de mieux en mieux dans sa peau. Chaque matin, sans même que son vieil ami ait à le lui rappeler, la jeune fille répétait sa routine sportive. Gaïa venait de subir les tests de classification préliminaires des jeux arctiques dans un village iroquois de la région participante. Depuis ces épreuves, tout comme Nanuktalva, elle attendait impatiemment les résultats.

Ses parents se rendaient compte du changement s'opérant chez leur fille, mais ils se voyaient incapables de se prononcer sur les raisons de cette métamorphose. Auraient-ils pu imaginer que leur douce petite fille était déjà en mesure de se comporter honorablement dans une bagarre de rue ?

Maikan-Waapaw eut l'occasion de le constater au cours d'un évènement dramatique. Les deux femmes faisaient des achats en ville, lorsque trois voyous les agressèrent verbalement dans la ruelle peu fréquentée qu'elles empruntaient pour éviter de traverser le centre ville.

— Salut les filles, on cherche l'aventure ? Bah, en v'là, lança le plus âgé, un malfrat à mine patibulaire. Passe-moi ton sac la vieille, si tu veux pas que j'm'occupe de ta santé.

Sur ces mots belliqueux, il sortit un couteau de sa poche et en fit jaillir une lame effilée. De frayeur, Maikan-Waapaw ouvrit la bouche pour crier, mais avant que le moindre son ait franchi ses lèvres, Gaïa, avait fait un tour complet sur elle-même et frappé le voyou d'un coup de talon en pleine tempe. Le garçon s'écroula d'une masse, sans connaissance. Un de ses acolytes s'avança avec la ferme intention de ceinturer Gaïa. Elle le reçut d'un coup de pied dans l'articulation du genou, suivi d'un coup de poing à la gorge. Pris au dépourvu par la fulgurante riposte, le garçon fit volte-face et s'éloigna en claudiquant. Bien qu'ayant frappé la première, la jeune fille n'avait fait que se protéger. Elle se trouvait bien en état de légitime défense mais, assez étrangement, aucun tribunal n'aurait accepté cette explication. Frapper en premier pour se défendre n'existe pas dans la loi. Aux yeux d'un témoin non expert en arts martiaux, Gaïa serait l'agresseur. Au karaté, cette action préventive se nommait le *sen-no-sen*. « Défends-toi en attaquant, dès que tu sens que ton adversaire va attaquer lui-même », avait souvent recommandé Nanuktalva.

Maikan-Waapaw se tourna vers sa fille avec, dans le regard, le même étonnement que celui des jeunes malfaiteurs. Elle l'enlaça, la serra tendrement.

— Ma petite fille chérie… Je ne te demande pas d'où te vient cette technique surprenante. Je le devine. Ah ! Celui-là !

— On a de la chance de l'avoir, maman !

Sa mère hocha la tête en silence. Énoncer une évidence ne se faisait pas dans sa culture.

CHAPITRE 7

Les esprits protecteurs

Gaïa avait 17 ans. À présent, c'est elle qui racontait des histoires au vieil homme, à propos de l'université, de ses espoirs de jeune fille, de ses déceptions. Comme par le passé, Gaïa se confiait plus volontiers à Nanuktalva qu'à ses parents. « Il est plus simple de livrer ses petits secrets à un ami compréhensif qu'à sa propre mère », lui avait-elle révélé, sans la moindre réticence.

Ce matin-là, après une conversation sans autre but que celui de passer agréablement le temps, la jeune fille ressentit une gêne soudaine dans la voix de Nanuktalva. Diverses émotions, apparemment contradictoires, transformaient son visage à intervalles réguliers.

— Tu sembles triste, Nanuk.

— Simplement songeur, ma belle.

— Se pourrait-il que… Non ! Pas cette expédition en chariot ?

— Rassure-toi, j'y ai bien réfléchi. L'étalon n'est plus assez vaillant. Mais…

— Les Territoires du Nord ! Ça te reprend ?

Le vieux rit.

– Ça ne m'a jamais quitté, Petit Renard. Mais ce serait plutôt vers l'est que j'irais porter mon sac à dos.

Le dernier voyage ! La traversée du Labrador avec ses presque loups. Une sacrée belle balade. Il espérait un peu laisser sa vie en chemin. Fermer les yeux paisiblement, avec la bénédiction des forces célestes ! En son esprit, il ne pouvait rien exister de mieux. Le rêve ancien des vieux guerriers.

Abandonner l'existence sur une piste de montagne ou en forêt, dans la neige ou parmi les fleurs du printemps, comme ses ancêtres, les voyageurs arctiques et les vieux loups édentés, devenus inutiles à la meute et qui s'éloignaient afin de mourir seuls, leur dignité intacte. Faire un voyage extraordinaire, à l'ancienne, comme lorsqu'il était jeune de corps. Il avait même songé à demander à Gaïa de l'accompagner dans son périple. Une utopie. La jeune fille à ses côtés, il ne pourrait mettre son ultime projet à exécution.

Pour Nanuktalva, l'âge ne représentait pas un obstacle véritable. L'expérience et la volonté de l'esprit compenseraient la perte de certains muscles des jambes. Il s'entraînait depuis un an en vue de cette aventure : chaque matin, cinq kilomètres de marche dans la forêt, avec sur le dos dix kilos de rondins dans un havresac. Il tenait le coup. Certes, il soufflait un peu, devait s'arrêter de temps à autre pour refaire ses forces, mais en général, ça allait. Il luttait ici contre la vieillesse, mais aussi, contre les ravages de la douloureuse maladie qui déformait son corps chaque jour davantage. Il devait prendre une décision, avant qu'il ne soit trop tard.

Nanuktalva avait souvent discuté de cette équipée labradorienne avec Gaïa, sans bien entendu mentionner son espoir de rendre sa vie au Grand-

Esprit. Un empêchement majeur à ce projet était justement Gaïa. À cause des mois difficiles passés sans lui, elle ne voulait plus le laisser vagabonder où que ce soit.

— Voyons, Nanuk! Tu devras traverser à pied une partie de l'Ontario, puis du Québec, et enfin, la péninsule du Labrador, à travers une nature sauvage. C'est humainement impossible.

— Tu as raison. Dans ce cas, pour éliminer un bon nombre d'obstacles, je ferai transporter mon attirail en train, directement à la Baie d'Hudson.

Gaïa ne sut que répondre. Son ami lui parlait calmement d'un exploit irréalisable, étant donné les rhumatismes qui commençaient à s'emparer de tous ses membres. Du moins croyait-elle qu'il ne s'agissait que de cela.

— Je ne voudrais pas te froisser, mais si l'aventure de ta jeunesse se reproduisait, tu ne t'en sortirais plus aussi bien devant un grizzli. Tu as près de...

— Je m'en souviens! Tu ne fais rien pour me faire oublier mon âge! Mais souviens-toi, Tiriganiak, que la vieillesse se cache dans la tête, pas simplement dans les jambes.

— Tu t'ennuierais de moi! lança-t-elle, à bout d'arguments.

Nanuk haussa les épaules.

— Sans aucun doute. Alors...

Il hocha la tête, un air gentil, un peu triste, sur son beau visage buriné par les innombrables soleils arctiques qu'il avait admirés au cours de sa vie.

Alors, il n'était pas parti. Déçu, en l'occurrence, serait un faible mot pour décrire son sentiment d'échec. Il est difficile à tous les âges d'abandonner un rêve.

*   *

*

L'hiver était là. Il ne faisait pas encore trop froid. C'était l'époque des premières neiges, abondantes cette année-là. Une tempête violente avait sévi toute la matinée et venait juste de cesser, lorsque la jeune fille décida de rendre visite à son ami. Sa mère la déposa devant la cabane et repartit. Gaïa entra. Un pâle soleil creva le ciel nuageux et se faufila dans la pièce par la porte ouverte. Nanuktalva ne se trouvait pas chez lui. Accompagnée par les louveteaux, elle fit le tour des bâtiments, sans résultat.

– Nanuk, où es-tu ?

Elle s'affola, parcourut les alentours, criant son nom à plusieurs reprises. Le vieux n'était nulle part où il aurait dû se trouver, dans les endroits qu'il affectionnait, comme le bord de l'étang, qu'il privilégiait l'hiver. Pourtant... Quelque chose ne cadrait pas dans ce décor. Gaïa y voyait une sorte de discordance, comme un tableau mal accroché qui pendrait d'un côté. Malgré ses efforts de concentration, elle ne parvenait pas à découvrir ce qui la troublait. Soudain...

– Mon Dieu ! Les chevaux !

Elle ne les avait aperçus ni en passant devant l'écurie ni dans l'enclos. Elle chercha le *Conestoga*. Disparu ! Nanuktalva aurait-il encore changé d'avis, partant seul pour son tour de l'Arctique ? À l'approche de l'hiver, quelle démence ! Le genre de folie que l'entêté pouvait fort bien entreprendre.

Voyons ! C'était impensable. Ses loups étaient là, couchés calmement sur la véranda. Nanuk ne les abandonnerait jamais ! Quand il partait plusieurs jours, il les confiait à son voisin innu. Ne restait qu'un lieu que Gaïa n'avait pas vérifié, pour de bonnes raisons. Nanuktalva n'y allait que lors de ses méditations. Après un court instant de réflexion, la jeune fille décida de se rendre sur place. S'il s'en irritait, libre à lui. Elle était trop alarmée pour se soucier de ses états d'âme. Elle enferma les « presque loups » dans le chenil et gagna le site sacré de Nanuktalva en 20 minutes, peinant dans la neige épaisse. Le froid lui mordait le visage. Trop énervée par la situation, elle n'avait pas pris le temps de se vêtir pour une si longue marche en forêt.

Elle y était. Un paysage admirable, choisi avec soin par le vieil homme. Gaïa laissa son regard le parcourir. Elle aurait pu demeurer plongée dans cette contemplation durant des heures...

S'il n'y avait eu ce froid.

Une chaîne de montagnes, comme un félin statufié durant son sommeil. Contre son flanc granitique, une clairière lisse comme un lac gelé. En bordure, un bois de mélèzes nains qui balançaient leurs branches nues au ras du sol. De ce fouillis d'arbres enchevêtrés émergeait le cône bariolé d'un tipi en peau d'orignal. À la pointe de l'abri, tremblait une fumée bleutée, porteuse d'un goût de galettes chaudes. Le cœur de Gaïa frappa un grand coup. Nanuktalva se trouvait là !

Sur son pourtour, le cuir écru de l'habitation était couvert de figurines, peintures naïves soigneusement exécutées, qui retraçaient la vie de plusieurs générations d'Inuits : « le compte des hivers », scènes de chasse, chevaux, pluies d'étoiles, mariages... Une coutume des Dakotas et des Cheyennes que Nanuktalva avait fait sienne.

C'était là, en effet, à deux kilomètres de chez lui, qu'il venait se recueillir. Il utilisait ce tipi comme hutte de sudation, le bain de vapeur requis avant toute prière importante adressée aux esprits. Même s'il avait vécu au contact des Blancs la plus grande partie de son existence, Nanuktalva était resté profondément attaché à sa culture ancestrale.

Gaïa attendit, frigorifiée, à une centaine de pas, devant les taillis où se dressait la tente de peau, que les dévotions de Nanuktalva s'achèvent. Enfin, il sortit. Elle qui s'attendait à des remontrances fut étonnée par son accueil chaleureux.

— Heureux de te voir, Kinakia ! Entre te réchauffer, tu as l'air transie.

Elle eut une moue faussement exaspérée.

— Il doit faire 50 degrés là-dedans. Encore ce Kinakia ? Le mot est doux à l'oreille… mais tu ne m'en as jamais donné l'explication.

Quand une partie de la vapeur brûlante se fut dissipée, elle entra dans la tente. Le vieux la suivit en riant. Mal fermée, la porte du tipi s'agita au rythme d'un souffle d'air rempli de neige, découpant sur le jour un rectangle éblouissant. Une rafale s'engouffra à l'intérieur, éteignit la chandelle collée sur un récipient d'argile.

— Kinakia veut dire : « Qui ça peut bien être ? » Comme tu dis ça à chaque fois que le téléphone sonne, j'ai pensé que ça t'allait parfaitement.

— Bah ! Donne-moi tous les noms qui te plaisent. Tu peux même m'appeler… Gaïa, ironisa-t-elle.

— Je m'étonne que ta mère t'ait laissée sortir dans cette tempête. Enfin, je m'ennuyais de toi. Je venais justement de glisser un petit mot à ton sujet aux *Krilakmeutain*, mes esprits protecteurs. Ils m'ont entendu, puisque te voilà.

– C'est quoi, ces *Krilak*… je sais pas quoi ?

Le vieux sourit.

– Les *Krilakmeutain* sont les habitants de la voûte céleste. *Sikrenek nuiyok*, quand le soleil disparaît, tu peux les voir filer dans la nuit.

– Les étoiles filantes !

– Exact. Si elles tombent sur la terre, on les trouve parfois dans la neige…

– Oh, je m'en souviens. Tu m'en as parlé quand j'étais enfant. Ce sont les fameuses petites souris blanches avec des pattes palmées ? Nanuk, tu as une façon délicate, évocatrice, compliquée aussi, de décrire les choses simples.

– Bah, qu'importe les poussières d'étoiles à pattes de canards. C'est gentil d'être venue me chercher. J'avais envie d'essayer mon chariot.

Gaïa émit un soupir de soulagement. Nanuktalva n'avait donc aucune intention d'entreprendre sa délirante aventure. Le vieux lui couvrit les épaules d'une épaisse couverture en laine de chiens nordiques et enfila son parka. Ils sortirent. Nanuktalva secoua la bâche qui couvrait le cheval, s'installa sur le banc.

– Bon, allons-y. Embarquez, charmante enfant.

– On peut dire que tu as judicieusement choisi ta journée pour cette balade en chariot. Il y a au moins 40 centimètres de neige sur le sentier. Enfin… Je peux conduire l'attelage ?

– J'allais te le proposer.

CHAPITRE 8

Pakkaluak !

N'ayant pas de cours, Gaïa venait passer la journée chez Nanuktalva. Avant qu'elle n'ait eu le temps de préparer le chocolat habituel, ainsi qu'elle aimait le faire avant toute autre chose, elle surprit l'air malicieux que venait de prendre le visage de son vieil ami.

— Tu en fais une tête, Nanuk. Tu n'aur...

Elle suivit les yeux du vieux qui se posaient avec une insistance intrigante sur la table où il avait installé les bols et le pain beurré de leur collation matinale. Gaïa vit une lettre appuyée contre le pot de marmelade.

— Est-ce que...

Elle s'approcha, prit le papier entre ses mains tremblantes. Son regard fut aussitôt attiré par le logo des Jeux de l'Arctique, imprimé sur le coin gauche de l'enveloppe. Elle attendait une réponse du comité organisateur depuis si longtemps ! Elle l'ouvrit, avec appréhension, en avalant difficilement sa salive.

— Tu me la lis, ma belle ? lança Nanuktalva, faussement désinvolte.

Il était en fait aussi excité qu'elle de savoir où l'entraînement intensif de Gaïa l'avait menée.

– Voilà... ça vient du comité de sélection, en effet. « Mademoiselle Gaïa Beaubien, vous avez passé avec succès les épreuves éliminatoires pour les jeux nordiques. »

La jeune fille n'alla pas plus loin. Elle était en larmes. Nanuktalva ne fut pas en reste. Il s'essuya les yeux d'un revers de manche, en poussant un cri de joie.

– Je suis acceptée au tir à l'arc... au jeu de la chasse, avec la lance... aux coups de pieds dans la balle, les deux styles.

Le vieil homme la prit dans ses bras.

– Je suis si fier de toi, mon ange. Appelle vite tes parents pour leur annoncer la grande nouvelle. C'est moi, aujourd'hui, qui préparerai le chocolat.

C'était un grand honneur en effet pour la jeune fille. Les Jeux de l'Arctique n'étaient pas seulement des épreuves sportives. Ils constituaient aussi un reflet fidèle de la culture, de l'éducation et de la spiritualité des peuples nordiques. Il fallait non seulement être un athlète pour y participer, mais encore être un citoyen responsable de la nation que l'on représentait.

*　*

*

C'est ainsi que le 20 juillet, la famille Beaubien et Nanuktalva se rendirent à Whitehorse, où se déroulaient les Jeux de l'Arctique. Le Groenland, le Canada, les États-Unis, la Scandinavie et la Russie y avaient envoyé leurs meilleurs compétiteurs autochtones. Les Jeux dureraient jusqu'au

27 du même mois. Les organisateurs de l'évènement attendaient plus de 2 000 athlètes.

Gaïa s'inscrivit à ses épreuves dès son arrivée. Le climat étant subarctique, il faisait huit degrés centigrades, une température saisonnière, mais toutefois un peu fraîche. Le site des Jeux était magnifique, judicieusement choisi, au creux d'une vallée. On pouvait y admirer le fleuve Yukon qui se jetait dans la mer de Béring après avoir traversé l'Alaska. Autour de l'immense camp où les athlètes seraient hébergés, s'étendait un spectacle inoubliable de plaines, de montagnes et de forêts luxuriantes.

Mais l'heure n'était pas aux joies du tourisme.

— Mademoiselle Gaïa Beaubien, on vous attend à *l'aratsiak*, coup de pied dans la balle, annonça un haut-parleur.

Gaïa jeta un œil un peu affolé à ses parents. Nanuktalva lui prit la main, la regarda intensément dans les yeux.

— Relaxe, respire à fond. Souviens-toi que tu es légère comme une plume. Aucun de tous ces gars-là ne sera capable de te battre. Notre petite astuce, pendant ton entraînement, te place en tête de tous ces lourdauds.

En effet, Gaïa avait pratiqué les coups de pieds sautés avec une poche de sable de 250 grammes enroulée autour de chaque cheville. Ce matin, elle allait frapper sans les poids. Une appréciable différence dans ce genre d'épreuve. Gaïa ôta ses chaussures. Un autre petit truc pour s'alléger.

Elle se plaça à trois mètres de la petite balle de cuir qui pendait 30 centimètres au-dessus de sa tête. Gaïa s'élança, s'envola littéralement, la jambe à ce point tendue que son genou lui frôla l'épaule.

– Touché! cria l'arbitre.

Quelqu'un dans la foule cria :

– *Pakkaluak!*

On remonta la balle de cinq centimètres.

À nouveau la jeune fille bondit, sans effort apparent, lança sa jambe, les orteils tendus.

– Touché! cria à nouveau le juge.

Il n'en revenait pas de voir cette concurrente si menue, presque une enfant, qui ne devait pas faire plus d'un mètre soixante, atteindre une cible que des athlètes masculins de 1,80 mètre avaient de la peine à toucher.

Le même mot retentit à nouveau, crié cette fois par plusieurs personnes.

– *Pakkaluak! Pakkaluak!*

– Papillon! Papillon! reprirent les spectateurs francophones qui comprenaient l'inuktitut.

Gaïa s'élança, détendit la jambe, cogna. Cette fois, elle venait d'égaliser la marque de celui qui détenait la troisième meilleure performance de la rencontre. Le juge s'apprêta à faire remonter la cible.

– Remont...

– Monsieur, interrompit Gaïa avec un petit rire gêné, pour ne pas vous faire perdre trop de temps... mettez-la tout de suite dix centimètres plus haut!

Elle avait voulu plaisanter, ne réalisant pas qu'elle venait au contraire de se montrer vaniteuse, elle qui n'avait jamais été le moindrement prétentieuse. Néanmoins, Nanuktalva sourit. Il connaissait suffisamment son amie pour savoir qu'elle n'agissait nullement par orgueil. Elle se sentait sûre de ses capacités, sans plus.

Le juge perdit un peu de sa contenance, de sa patience aussi, devant une jeune fille trop arrogante à son goût ! Elle y allait fort. Se moquait-elle de lui ? Sans répondre, il se rendit auprès de la femme qui hissait la balle après les sauts réussis. Il chuchota à son oreille. Elle sourit en retour.

– Allez-y donc… *Pakkaluak* !

Gaïa s'aperçut que, cette fois, la balle était vraiment haute. Elle ne pourrait jamais l'avoir. Le juge l'avait piégée. Elle comprit que tout était sa faute. À cet instant, Nanuktalva lui cria « *Agiortok !* », comme lorsqu'elle était petite et qu'ils hurlaient ensemble, en direction du soleil levant.

Gaïa sourit largement. Nanuktalva était là ! Une présence physique, certes, mais surtout, une communion spirituelle intense. Il sautait avec elle ! La jeune athlète prit son élan, s'étira, touchant la cible avec une telle force que le lien de cuir se rompit et que la balle disparut parmi les spectateurs enthousiasmés par son exploit. Ils poussèrent des hurlements de surprise et de joie.

– *Pakkaluak ! Pakkaluak !* entendit-on de toutes parts.

Gaïa avait surpassé avec panache tous les autres concurrents, inscrivant de plus un record national à cette épreuve. Jamais encore une telle hauteur n'avait été atteinte.

C'est alors que le juge vint lui avouer, penaud, qu'il avait remonté la balle de 20 centimètres au lieu de dix. Il avait voulu lui donner une leçon. Une attitude peu sportive qui ne s'accordait pas avec l'esprit des jeux ! Mais Gaïa ne songea pas à signaler cette irrégularité aux officiels. Elle savait, sans le moindre doute, que sa conduite arrogante lui avait mérité cette petite leçon de modestie. Elle reçut une *Ulu* d'or pour son exploit.

Un peu plus tard, elle participa à l'épreuve *akratcheak*, encore le coup dans la balle, mais cette fois, les pieds joints. La difficulté : retomber sur ses deux pieds. Là encore, Gaïa s'y comporta plus qu'honorablement, se méritant une *Ulu* d'argent. En fait, elle n'avait pas à se sentir honteuse, le gagnant mesurait environ deux mètres, autant que Nanuktalva.

L'après-midi, Gaïa participa au lancer du javelot de chasse. Elle termina douzième sur un total de 147 concurrents, ce qui n'était pas mal. L'arme était lourde. Au tir à l'arc, elle se classa seconde et reçut une autre *Ulu* d'argent. La jeune fille était satisfaite de sa journée. Trois *Ulus*, dont une en or. Il y avait bien là de quoi être fière.

Libérée de ses obligations sportives, Gaïa déambula sur le site des jeux avec ses parents et leur vieil ami, en assistant au plus grand nombre d'épreuves possible. Ils privilégiaient évidemment les exercices qui représentaient le mieux les peuples nordiques, comme l'« accrocher du doigt de l'adversaire pour lui faire perdre l'équilibre », « la course sur les jointures des mains », qui demandait une énorme énergie, « le tir à la lance de chasse, le bras de fer, la traction sur la nuque », sans oublier le sport national d'été du Canada, adopté par une loi de 1994 : le *tewaarathon*, en langue iroquoienne, soit la crosse. Nanuktalva renseigna ses amis sur certaines étrangetés de ce jeu très ancien, infiniment violent.

À l'origine, l'épreuve pouvait rassembler plus de 1 000 joueurs, soit plusieurs tribus au complet. Les affrontements étaient impitoyables. On dénombrait souvent des blessés graves à la fin des parties, parfois même des morts. Les spectateurs pariaient fort sur leurs équipes favorites, jouant leurs biens les plus précieux, jusqu'à leur femme et leurs enfants. Ce soir-là, le perdant rentrait seul dans un tipi vide, regrettant amèrement son comportement insensé.

Gaïa et ses parents ne dédaignèrent pas les activités leur venant d'autres pays et continents, comme le tennis de table, le badminton et le basket-ball. Ils se détendirent en écoutant un spectacle de chants gutturaux inuits, puis, plus loin, les tambours endiablés d'un groupe de jeunes dénés, ainsi que les violonistes métis, si réputés. Cette journée de jeux représentait une occasion unique, à ne pas manquer, de se familiariser avec les mœurs et les coutumes d'autres peuples nordiques du monde.

La jeune fille et les siens étaient attablés à une terrasse de café en plein air, devant une planche posée sur des barils de mélasse vide, lorsqu'un gaillard de plus de six pieds l'interpella en inuktitut. Il portait des plumes et un bandeau frontal qui indiquaient son appartenance à la nation dakota, peuple des États-Unis.

— Eh, mais c'est notre *Pakkaluak* drogué aux pesticides ! Alors Beauté, on se repose après ses petits sauts d'insecte ? On a imité les fillettes qui jouent à la marelle dans la cour de l'école ! Mademoiselle est épuisée ? Diable ! Les filles n'ont pas leur place dans des jeux d'hommes. Moi, je...

— Qui t'es, l'gros malin, pour ouvrir ta grande bouche mal lavée devant mes parents ?

Il prit à témoin les trois garçons solidement bâtis qui l'accompagnaient.

— Nous représentons l'équipe des lutteurs de Paha-Sapa, les montagnes noires sacrées du Dakota.

— Ça devrait m'impressionner ? persifla Gaïa.

Ses parents n'avaient pas soufflé mot, ayant peine à croire que leur fille ose tenir tête à des athlètes aussi menaçants.

Un petit groupe de promeneurs s'était rassemblé autour des jeunes gens. Il grossissait rapidement à mesure que s'envenimait le dialogue entre Gaïa et le Dakota. Les encouragements leur parvenaient de tous côtés. Les commentaires prenaient en général fait et cause pour la jeune fille. Attablé plus loin, se trouvait un juge officiel des jeux, venu prendre son déjeuner.

— Je viens de remporter la *Ulu* d'or aux épreuves de lutte, jeta le garçon, l'air dédaigneux.

— C'est *Nersut* qu'on doit t'appeler, l'animal à quatre pattes ? Tu as eu de la chance de ne te battre que contre des garçons. La première fille venue aurait mis ton gros nez dans les crottes de chat du chemin avant même que t'aies eu l'temps d'appeler ta mère à l'aide.

Le garçon éclata de rire.

— Une femelle me jetterait à terre, moi ? Tu regardes trop la télévision, ma fille.

— Dans ce cas, orgueilleux rat d'égout, bats-toi contre moi, on verra bien si t'es si fort.

— T'es malade !

La mère de Gaïa avait du mal à se contenir depuis le début de cet affrontement verbal. Elle intervint.

— Chérie, ne sois pas ridicule. Il te casserait la tête d'un seul coup de poing.

— C'est ça « chérie »… écoute donc ta maman.

Gaïa lui tira la langue, puis se tourna vers Nanuktalva.

— Tu l'entends, Nanuk ? Il crève de peur. J'ai même l'impression qu'il a dû mouiller sa petite culotte de soie...

— Cette fois, c'en est trop, femelle retardée. Viens, montre-moi tes petits sauts d'écolière en manque de sucreries, jeta méchamment le jeune lutteur.

— Une minute, tempéra Gaïa, faisons cela dans les règles. Allons trouver un juge. Que notre rencontre soit une épreuve homologuée par les organisateurs.

— Voyons chérie, intervint son père, ce que tu proposes ne s'est jamais vu.

— Alors, battons nous pour... pour le plaisir du sport, mais j'y mets une condition.

— Tout ce que tu voudras, s'esclaffa le Dakota. Si tu veux, je peux même te promettre de traverser dans toute sa longueur le site des jeux en sous-vêtements.

Gaïa rit.

— Bonne idée. Mais je veux plus que ça. Après ta défaite, tu me donneras ta *Ulu* d'or ?

Le garçon écarquilla les yeux, imité par ses trois camarades.

— Une folle, les amis ! Toi alors, tu doutes de rien. Après ma défaite, je dois te donner ma *Ulu* d'or, alors que je suis capable de te faire voltiger dans le fleuve simplement avec l'air que je déplace en tapant dans mes mains ?

Le juge qui terminait son repas se leva.

— Voilà un beau défi, mademoiselle. Faire homologuer un combat de boxe entre un garçon et une fille ne sera sûrement pas possible, mais j'accepte de le superviser. Écartez-vous, messieurs et mesdames. Place au combat du siècle entre un farouche guerrier dakota et une courageuse Métisse innue. Veuillez noter, chers spectateurs, que chacun de ces beaux parleurs a déjà obtenu une *Ulu* d'or plus tôt ce matin.

Nanuktalva attira sa jeune amie à l'écart avant que ne commence l'incroyable affrontement.

– Chérie, tu vas t'attaquer à un gros morceau. Ce colosse fait au moins 40 kilos de plus que toi. Il doit être fort comme un bison. La seule manière de t'en sortir est de ne jamais passer à proximité de ses bras. C'est même grâce à ça que tu prendras l'avantage. Utilise sa force contre lui-même. Tiens-toi à distance. S'il t'empoigne, tu es faite. Prends garde de ne pas porter de prises mortelles, comme le coup de paume en remontant sous le nez. Pas d'atémi au cœur, tu pourrais le tuer. Mais vas-y avec ton coude, au front, à l'estomac. C'est efficace. Pointe du pied dans les genoux et au tibia, ça aussi c'est radical. Avec tes chaussures renforcées pour la marche, ça va faire très mal. Coups à la tempe, au…

– Nanuk, je sais tout cela. Tu me l'as si souvent répété. Ne t'en fais pas. Il ne m'aura pas.

Le combat commença.

Gaïa suivit scrupuleusement les conseils de Nanuktalva. Elle se déplaçait souplement sur la pointe des pieds, demeurant hors de portée des bras redoutables. Elle envoyait des coups rapides, sans interruption, de tous les côtés. Le malheureux ne comprenait pas ce qui lui arrivait. Lui, le combattant le plus solide de sa tribu, gagnant d'une *Ulu* d'or ici même, voilà qu'il ne parvenait même pas à effleurer cette adversaire tourbillonnante, presque démoniaque. Gaïa, qui avait trouvé son rythme,

attaqua de plus belle, se gardant de se laisser aller
à trop d'optimisme.

« Ne jamais sous-estimer un adversaire », ainsi
que le disait Nanuk.

D'un coup de pied sauté, faisant pivoter son
corps de 360 degrés, elle envoya son talon dans
la tempe du Dakota. Étourdi, à demi assommé,
le lutteur vacilla, recula, semblant reprendre difficilement sa respiration et ses esprits. C'est alors
que l'on entendit l'incroyable proposition de la
jeune fille.

— Dis que tu abandonnes et je te laisse tranquille.

Fouetté par ces paroles, retrouvant en l'instant
toute sa morgue, il lui lança une insulte dans sa
langue.

— *Wah-b'du-sh'kah-nah... Tah-wah-chin-tah-
tah!*

Gaïa se mit à rire, répliquant par les quelques
mots de dialecte dakota appris dans son enfance.

— Si je suis un insecte stupide, tu n'es que *She-
cha-m'nah se-ha*! Une mauvaise odeur de pieds.

— Satanée bourrique, je vais t'écraser!

Il lança son grand corps en avant, tendit le
bras. Mais cette fois Gaïa, rendue furieuse par
les mots qu'il lui avait lancés, attrapa sa main, la
retourna, pivota sur le côté, plia le membre à l'articulation et força.

Le craquement fut assez fort pour que la plupart des spectateurs sachent que le poignet était
cassé. Gaïa mesura en un éclair l'étendue de sa
terrible erreur et les conséquences qui en découle-
raient, plus tard, pour le jeune homme. Il venait en
réalité d'être vaincu au cours d'un combat déloyal.
Sa spécialité étant le corps à corps, il n'avait pas
la moindre chance dans l'art du combat à distance

que la jeune fille maîtrisait en experte. Lui, le gagnant d'une *Ulu* d'or, le lutteur le plus prestigieux des jeux arctiques, héros des jeunes de sa tribu, admiré par les filles du clan, allait rentrer chez lui détrôné, privé de sa glorieuse victoire, par une Métisse innue de 45 kilos. Pourrait-il encore vivre dans son village où, pour tous, il deviendrait un sujet de moquerie ?

Alors, prétendant lui porter une nouvelle prise, Gaïa se colla contre lui. Le lutteur comprit que la chance venait de changer de camp. Il bloqua les bras de Gaïa, enchaînant aussitôt par un étranglement imparable. Après quelques secondes, Gaïa demanda grâce.

Le juge poussa un cri, se plaça vivement entre les combattants, les écartant l'un de l'autre d'un geste ferme.

– Bravo, mon garçon, tu as gagné… Pourtant, il faut saluer la belle performance de cette jeune fille. Je lui décerne donc une *Ulu* d'argent en… eh bien, en lutte.

Ce qui ne s'était jamais vu. Mais Gaïa l'avait amplement méritée. Le juge tira deux médailles de la sacoche qu'il portait à l'épaule. Il fit monter les deux sportifs sur des chaises afin que tous puissent les voir. Puis il annonça les récompenses. Il remit une *Ulu* d'or au jeune homme. Gaïa se pencha vers le juge à son tour. L'homme lui passa l'*Ulu* d'argent autour du cou. La foule ovationna les deux jeunes gens avec le même enthousiasme.

Gaïa rejoignit ses parents sans un mot.

– Chérie, ce garçon vient d'apprendre une leçon, à n'en pas douter bénéfique pour son avenir, soit : bien réfléchir avant de défier une « faible » fille, lui murmura sa mère à l'oreille, avec un rire content.

Nanuktalva la serra dans ses bras. Il n'avait pas été dupe un seul instant de la défaite soudaine de sa protégée.

— J'admire ce que tu viens de faire, ma belle. En lui permettant de préserver son honneur et sa fierté, tu as montré ton grand cœur. Si ce garçon s'est douté de ton stratagème, tu peux être certaine qu'il t'en sera reconnaissant sa vie durant.

— Ou encore il ne me le pardonnera jamais ! ajouta-t-elle avec un clin d'œil. Qu'importe ! Nous sommes heureux, n'est ce pas Nanuk ? Nous le serons toujours. Je le veux ! lança Gaïa avec un grand rire.

— Ne dis pas cela chérie. Tu ne peux pas imposer ta volonté aux esprits de la montagne. Ce sont eux qui décident s'ils doivent te laisser ou non vivre en paix. Tu dois le leur demander chaque jour. « Donnez-moi le bonheur », un peu comme le font les chrétiens en s'adressant au Christ. Le destin est hélas toujours plus fort que nos désirs. Il se montre parfois moins généreux que nous ne le voudrions.

Ce destin, capricieux, que réservait-il à Gaïa ?

CHAPITRE 9

Le voyage funeste

Ryan et Maikan-Waapaw avaient décidé de faire un voyage de huit jours à Ottawa. L'impatience rendait Gaïa fébrile. Il y avait si longtemps qu'elle rêvait de visiter la capitale. Nanuktalva serait du voyage, bien entendu.

Le grand jour arriva. Gaïa et ses parents attendaient leur ami devant chez eux, bagages chargés dans la Toyota. Maikan-Waapaw s'impatientait. Nanuktalva avait 20 minutes de retard, ce qui n'était pas dans ses habitudes.

— Nous risquons de rater l'avion, fit remarquer Ryan.

— Il s'est passé quelque chose, affirma Gaïa. Si Nanuk n'est pas là, ça...

— Je vois sa camionnette! s'écria sa mère.

Nanuktalva se gara devant la maison. Il descendit de son véhicule, regarda ses amis avec embarras. Son air misérable leur fit imaginer le pire. Il parla avant la première question.

— Gaïa, Qanik ne va pas bien... enfin, il est blessé. Il a dû se battre avec une bande de coyotes, ou un autre loup...

– Mon Dieu, s'écria la jeune fille, est-ce grave ?

Le vieux eut une moue qui se voulait rassurante.

– Juste une patte… enfin, aussi une plaie au flanc, mais je ne peux le confier au vétérinaire. Il n'oserait jamais l'approcher. Pas possible non plus de le laisser en liberté avec de telles blessures, qui risquent de s'infecter. Désolé, je dois rester ici, pas d'autre choix.

Les Beaubien comprenaient. Néanmoins, la séparation des quatre amis fut malaisée. Les yeux brillaient d'émotion, de part et d'autre.

Nanuktalva regagna tristement son petit logis de bois, où l'attendait Qanik, sur un coussin, devant la cheminée. Le vieux recouvrit les plaies d'herbes médicinales et fit un solide pansement. Il se rendit ensuite dans sa grange, s'appliquant avec dextérité à parfaire la sculpture destinée à Gaïa. Il regarda son travail avec attention puis, dut admettre que les traits n'étaient plus tout à fait le reflet fidèle de la réalité. Il enfonça les doigts dans la glaise molle. Il recommençait tout. Le vieil homme avait la gorge serrée. Il s'était fait une telle joie d'accompagner ses amis durant leurs brèves vacances.

*　　*

*

Le vol fut sans histoire. Gaïa, toute à la déception d'être séparée de son ami, fut maussade durant tout le voyage. À l'aéroport international Macdonald-Cartier, Ryan loua une Ford Fiesta SD. La jeune fille promit alors à ses parents de faire un effort afin de se montrer sous un jour un peu plus enjoué. Sa jeunesse s'accommoda vite de cette décision. Bientôt, elle rayonnait. Ainsi prirent-ils la route, dans la bonne humeur un peu exubérante d'une famille heureuse de s'offrir quelques jours de repos. Ils accompagnaient en chœur les airs de musique populaire que diffusait la radio du véhicule. En vérité, leur gaieté était un peu forcée. Nanuktalva manquait à tout le monde, c'était indéniable.

Ils atteignirent rapidement la bifurcation qui menait à l'autoroute 417 ouest, le Queensway, ou « Chemin de la Reine ». Depuis qu'ils avaient pris possession de l'auto, Gaïa, assise à l'arrière, s'était retournée à plusieurs reprises. Sa mère s'en étonna.

– Je crois qu'une voiture nous suit, l'informa la jeune fille.

– Voyons chérie, objecta son père, nous venons de quitter l'aéroport. La plupart des voitures qui vont à Ottawa se retrouvent sur cette route.

Gaïa hocha la tête, boudeuse. Elle tenait à son idée. On les suivait ! Ne venaient-ils pas de prendre plusieurs chemins différents pour rejoindre l'auto- route Transcanadienne ? Que la Volkswagen beige qui traînait dans leur sillage ait emprunté les mêmes rues lui paraissait insolite. Elle se concen- tra davantage sur son intuition. Ryan venait de virer à droite, puis à gauche. Les autres se tenaient toujours dans leur sillage. Étrange coïncidence tout de même. Elle tenta de se raisonner. Pourquoi les suivrait-on ? Ils étaient une famille ordinaire ; ses parents n'étaient pas riches, un peu aisés, sans plus.

Ils quittèrent le Queensway et prirent la rue Nicholas. Gaïa ne quittait pas la lunette arrière des yeux.

– Notre fille regarde trop de films d'espion- nage, plaisanta Maikan-Waapaw.

Gaïa ne réagit pas. Dans sa poitrine, un mauvais pressentiment prenait forme. À nouveau, la Volkswagen avait enfilé les mêmes avenues qu'eux. Son père prit à droite sur Wellington, puis à gauche sur King Edward, terminant par la gauche, sur Clarence. Ils arrêtèrent leur voiture dans le stationnement de l'hôtel Le relais des cavaliers.

La Volkswagen passa sans ralentir devant l'entrée.

— Là, cette voiture, papa ! jeta vivement la jeune fille.

— Comme nous, ils se rendent à leur hôtel, ma chérie.

Gaïa fut loin d'en être convaincue. Nanuktalva lui avait appris à développer son sens de l'observation en regardant vivre les animaux dans leur milieu naturel, s'appliquant à deviner leurs gestes, leurs intentions. Elle ne faisait que transposer ses connaissances dans l'environnement humain. Les deux milieux, en fait, se ressemblaient beaucoup. Ainsi, avait-elle nettement aperçu les quatre passagers de la Volkswagen, qui regardaient dans leur direction en passant devant le parking de leur hôtel.

Les voyageurs pénétrèrent dans la confortable salle de réception de l'auberge. Ils reçurent leurs clés et suivirent l'employé qui transportait les bagages sur un chariot de service. Les chambres qu'ils avaient retenues à l'agence de voyage de Timmins communiquaient par une salle de bain. Les pièces, admirablement meublées à l'ancienne, sentaient la cire fraîchement appliquée sur les planchers de cèdre, leur conférant un ton bistre du plus bel effet. L'installation de la famille Beaubien fut un enchantement. Les chambres donnaient sur un petit parc privé planté d'une dizaine d'essences d'arbres différentes.

La filature, vraie ou imaginaire, fut oubliée au profit du luxe discret et de l'atmosphère paisible qui s'offraient à eux. Chacun passa sous la douche afin de se débarrasser de la fatigue accumulée depuis le départ. La nuit envahissait doucement les rues. Habillés chaudement, le froid étant passablement vif en raison d'un fort vent venu du nord, ils se mirent en quête d'un restaurant. Ryan avait obtenu le nom d'une des meilleures tables d'hôte de la ville, justement dénommée La table des Rois, une auberge française située à quelques blocs de leur hôtel. Ils s'y rendirent à pied en dix minutes, par une impasse assez mal éclairée. Gaïa devint nerveuse. Elle venait d'apercevoir la Volkswagen de l'autre côté de la rue, roulant à la vitesse de leur pas. Cette fois, ses parents eurent une réaction plus en accord avec une situation que Gaïa jugeait inquiétante, sans le dissimuler.

— Tu as raison, ma biche. Dur de croire que ces gens aient choisi par hasard le même coin que nous, admit son père, troublé à son tour.

— Mais enfin, personne n'a de raison de nous vouloir du mal, s'étonna Maikan-Waapaw, fébrile.

Les évènements se précipitèrent. La voiture les dépassa, puis s'arrêta une dizaine de mètres devant les trois membres de la famille Beaubien. Quatre hommes en sortirent. Leur allure farouche était explicite. Ryan se plaça vivement devant sa femme et sa fille, les bras tendus vers l'arrière, en un geste protecteur instinctif. Cette histoire prenait une tournure qui ne lui disait rien qui vaille. Que leur voulaient ces gens ? S'ils les suivaient depuis l'aéroport, c'est qu'ils les connaissaient, que tout ce qui se produisait obéissait à un plan. Un concurrent jaloux de son succès commercial ?

Ryan n'eut pas le temps d'approfondir. Les hommes s'étaient séparés, avançant en un mouvement enveloppant. Ryan savait qu'il n'était pas de taille et ne résisterait pas à un tel nombre d'assaillants. Il serait débordé en quelques secondes. Il chercha des yeux les passants susceptibles de leur fournir de l'aide. La rue était déserte, en plus de se trouver dans une pénombre propice à cette agression injustifiée. L'angoisse lui serra la gorge.

C'est alors que Gaïa se plaça à ses côtés.

— Papa, tu prends ceux de gauche, moi ceux de droite, l'informa-t-elle, d'un ton décidé.

Son père la regarda avec des yeux remplis d'effroi.

— Reste à l'écart, ma fille, lui intima-t-il. J'ai vu aux Jeux arctiques ce que tu étais capable de faire, mais ces gens sont des voyous... ils ne plaisantent pas.

— Moi non plus, papa, insista-t-elle, résolument.

Avant que son père n'ait eu le temps de formuler une autre objection ou d'ébaucher un seul geste, la jeune fille s'élança vers les deux hommes menaçants qui avançaient vers elle. Pris de court par une manœuvre qu'ils étaient loin d'avoir anticipée, ils ne réagirent pas suffisamment vite. Gaïa décolla littéralement du sol ; ses deux pieds étroitement joints frappèrent son premier adversaire à la gorge. Un craquement se fit entendre. L'homme s'abattit sans un cri. Son compagnon, un instant paralysé par la précision de cette attaque foudroyante, bougea avec une fraction de seconde de retard. Il lança les bras en avant pour saisir Gaïa, mais elle s'était déjà préparée à la riposte. Déplaçant son corps sur le côté, elle lui paralysa la jambe d'un coup de pied en pointe dans le muscle de la cuisse, lui empoigna solidement le bras, passa dessous sans lui lâcher le poignet et se retrouva derrière l'épaule de l'homme. Dans le même mouvement, elle fléchit le buste, mit l'articulation du coude en porte à faux, l'amena sur son genou. L'épaule du voyou fut déboîtée. Emportée par la colère, Gaïa accentua sa prise. Le bras se fractura avec un craquement de branche sèche.

Hélas, pendant ce temps, les choses s'étaient mal passées pour son père. S'il avait pu se débarrasser assez facilement du premier adversaire, le second venait de lui planter un couteau dans le dos. Gaïa se précipita à son aide, mais l'homme que son père avait envoyé au sol s'était relevé. Il poignarda *Maikan-Waapaw* d'un geste rapide, en pleine poitrine ; se retournant d'un bond, il frappa la jeune fille de toutes ses forces sur le côté du visage. Mais elle eut le réflexe de détourner la tête, évitant ainsi la lame du poignard, recevant néanmoins le manche d'acier à la tempe. Elle tomba sans connaissance.

Les gens du voisinage qui, de leurs fenêtres, avaient observé sans intervenir cette lâche agression, avertirent tout de même la police. Elle arriva trop tard. Les parents de Gaïa ne pouvaient plus être sauvés. Ils moururent tous les deux pendant leur transport vers l'hôpital. La jeune fille était dans le coma.

Dans l'heure qui suivit, la tragédie fut annoncée par Sylvain Boucher, à la radio communautaire *Le Loup de Timmins*. On décelait aisément dans la voix altérée de cet homme sympathique, qu'il maîtrisait difficilement son émotion. Les Beaubien étaient ses grands amis.

« Ce soir, vers 21 heures, M. et Mme Ryan Beaubien, accompagnés de leur fille Gaïa, domiciliés à Timmins, ont été sauvagement agressés dans une rue d'Ottawa par quatre voyous non encore identifiés. Aux dires des témoins, les parents de la jeune fille sont morts au cours d'un affrontement passablement mouvementé. M. Beaubien et sa fille ont opposé une furieuse résistance à leurs assaillants. La jeune fille, dotée d'impressionnantes connaissances dans la pratique des arts martiaux, serait parvenue, seule, à mettre deux des hommes hors de combat. Néanmoins, l'héroïque adolescente a succombé sous le nombre. Elle se trouve aux soins intensifs, plongée dans un coma que les docteurs disent « profond ». Deux assaillants ont fui. Les deux autres, blessés, ont été conduits à l'hôpital. L'un est mort à son arrivée à l'urgence. Il a fallu amputer le bras du second à l'épaule. »

Fou de douleur, Nanuktalva réserva une place sur le premier avion vers Ottawa, afin de se rendre à l'hôpital général, où sa jeune amie avait été conduite. L'Inuk était dévasté. Il s'en voulait terriblement de ne pas avoir accompagné ses amis. Avoir sacrifié trois personnes pour sauver la vie d'un loup était devenu pour Nanuktalva un fardeau écrasant, insupportable.

Le vieux loua une chambre dans un motel situé à quelques minutes de l'hôpital où la jeune fille luttait pour sa vie. Il se rendait chaque jour à son chevet, demeurant assis près d'elle, la main de la jeune fille dans la sienne, durant toutes les heures de visite permises, n'en perdant pas une seule minute. Au bout de trois jours, le médecin-chef, constatant à quel point l'état de la jeune fille traumatisait le vieil Inuit, lui permit de passer la nuit dans une chambre voisine.

Le matin du 18ᵉ jour, Gaïa ouvrit les yeux.

– Papa... il a été si courageux, furent ses premiers mots. Maman... pauvre chérie... elle avait... si... peur.

Nanuktalva n'osa lui annoncer la terrible nouvelle avant qu'elle soit tout à fait consciente. Il louvoya, évita soigneusement les questions de Gaïa sur sa famille, répétant que les docteurs lui en diraient davantage le moment venu.

Gaïa demeura une semaine encore à l'hôpital. Lorsqu'elle fut en état de voyager, Nanuktalva la ramena chez lui. Elle avait appris la mort de ses parents avec un stoïcisme hors de l'ordinaire, réaction plutôt inquiétante en la circonstance, un peu comme si ce drame ne la concernait pas. Gaïa gardait en elle sa douleur atroce, ne sachant de quelle manière l'extérioriser. Un jour, elle pleurerait, c'était indéniable, mais elle n'était assurément pas prête. La malheureuse jeune fille avait besoin de reposer son esprit bouleversé. Nanuktalva l'installa confortablement dans sa petite chambre d'enfant, parmi ses ours en peluche et autres souvenirs heureux. Sa fenêtre donnait sur l'étang. L'Inuit avait surélevé son lit de 50 centimètres, ainsi elle voyait dehors sans avoir à se redresser.

Les six semaines qui suivirent furent difficiles à vivre, autant pour le vieil homme que pour Gaïa. Il souffrait de la voir souffrir. Enfin, elle pleura, plusieurs fois par jour. Cela dura plus d'une semaine. Vers le troisième mois seulement, la jeune fille sembla retrouver un peu de son plaisir de vivre. Il lui arriva de sourire, parfois même de faire une innocente plaisanterie.

Entre-temps, les deux enquêtes policières, déclenchées simultanément dans la région d'Ottawa et à Timmins, ne progressaient pas plus l'une que l'autre. Les inspecteurs se perdaient en conjectures. Qui pouvait vouer semblable haine à cette famille tranquille, honorable, appréciée par tous ceux qui la fréquentaient ? Les hypothèses des enquêteurs, ouvertes aux plus diverses spéculations, ne les menaient nulle part.

La presse s'impatientait.

– Désolé, messieurs les journalistes, aucune piste pour l'instant, les informait laconiquement le capitaine Wirmot, chargé des investigations à la Gendarmerie Royale.

Puis, un matin, Gaïa fut convoquée rue Birch, par maître Beauregard, le notaire de ses parents. À cause du double deuil de Gaïa, il avait attendu le plus possible avant de tenir cette rencontre. La lecture du testament se fit en présence de Nanuktalva, ainsi que le spécifiait Ryan dans un document connexe. Gaïa héritait de tous les biens de ses parents : le commerce de voitures, un magasin de bicyclettes, une pizzeria, ainsi qu'une importante somme d'argent. Après avoir vu un conseiller financier, Gaïa mit un administrateur à la tête de l'entreprise de voitures, puis renouvela les contrats de gérance des différents commerces. Décidée à vivre dans le bois avec Nanuktalva, elle refusa cependant de vendre la maison de ses parents. Comme elle ne pouvait même pas se résoudre à la louer, les lieux demeureraient inhabités.

Ces différentes affaires réglées, les deux amis se rendirent au restaurant français La Chaumière, rue Mountjoy. Gaïa y venait pour la première fois. Elle fut calme et détendue durant toute la soirée.

À la satisfaction du vieux, par petites étapes, Gaïa redevenait la jeune fille tendre et passionnée qu'il appréciait depuis l'enfance. La vie aurait pu se poursuivre ainsi, avec ses joies et souvent ses tristesses, lorsque le souvenir odieux les agressait sans pitié. Il y avait aussi des instants privilégiés, faits d'une sérénité que seule la nature pouvait offrir.

Bien que prévisible, la suite des évènements tragiques qui avaient fait de Gaïa une orpheline, prit forme de manière subreptice. Rien au départ de dramatique, la routine administrative, sans plus. Les services sociaux, la police, un notaire et quelques avocats en quête d'une affaire lucrative commencèrent à s'intéresser à la jeune Gaïa Beaubien, riche héritière devenue riche orpheline en une soirée.

Une policière de Timmins se rendit chez Nanuktalva afin de la rencontrer. D'origine innue, comme la mère de Gaïa, elle en avait été une bonne amie. Elle se nommait Uapikum, « Fleur ». Tenant beaucoup à ses origines, elle insistait pour être appelée ainsi.

Les deux femmes échangèrent les premiers mots de la conversation dans leur *innu-ainum* maternel, l'innu.

 — *Kuei, Uapikum.*

 — *Kuei*, Gaïa. *Eshpanim ?*

 — *Tshinash kumitin*, je te remercie, ça va bien,

La visiteuse, visiblement embarrassée, ne savait de quelle façon aborder le sujet qui l'amenait. Elle devait remplir une fonction officielle et il était évident que la démarche ne lui plaisait pas. Elle prit une longue inspiration et débita, d'une seule traite :

— Gaïa, je suis désolée… Orpheline, tu ne peux rester dans cette maison avec ton ami. Les mauvaises langues ne vont pas tarder à se délier.

— Que… que veux-tu insinuer ? bredouilla Gaïa.

— Je parle de rumeurs du genre « l'adolescente qui vit avec un vieux ».

— C'est ridicule, intervint Nanuktalva. Ses parents avaient confiance en moi, ils me laissaient la petite quand…

— Vous ne m'apprenez rien. Je vous connais, Nanuktalva, ainsi que les Beaubien, depuis que vous vous êtes installés dans cette région. Je suis simplement ici pour vous rappeler qu'il existe une loi spécifique adaptée à votre situation. Gaïa, adolescente, est seule au monde. Vous n'êtes pas un membre de sa famille… elle doit partir.

Gaïa rit nerveusement.

— On va donc m'envoyer en famille d'accueil, comme un chien perdu en attente d'un nouveau maître ? lâcha-t-elle avec une grimace de dégoût. Ce serait la meilleure ! Sois raisonnable, Uapikum. Nanuk fait partie de mon entourage familier depuis ma naissance. Je suis venue dans cette maison presque chaque jour pendant 17 ans.

— Aussi terrible que ce soit, Gaïa, les bureaucrates feront les choses telles que je l'ai dit. Tu te retrouves seule et tu as besoin de soutien, d'une vraie famille, afin de reprendre pied dans la réalité. Ils ont recherché des membres de ta famille intéressés à te prendre en charge. Une certaine Helena Grangorini, la sœur de ton père, qui vit dans l'ouest du pays, semble intéres…

— Mais… papa n'a jamais eu de sœur !

– C'est pas ce que dit son avocat. Supposons qu'elle soit ta tante, mais ne veuille pas de toi, on te placera dans un centre pour jeunes filles…

– Un genre d'établissement pour délinquantes ? Tu plaisantes, Uapikum ! Je ne quitterai pas Nanuktalva.

L'Innue ne répliqua pas. Il n'y avait d'ailleurs rien à ajouter. La loi, injuste, cruelle en la circonstance, serait appliquée. Ses amis ne pourraient s'y opposer. Ces ronds-de-cuir ignares feraient souffrir Gaïa tout en clamant de tous côtés ne vouloir que la protéger !

Sur le pas de la porte, la visiteuse se retourna.

– Je suis tellement désolée, Gaïa. Mais… c'est la loi.

Dans ses yeux, grossirent deux larmes qui filèrent sur ses joues. Elle les essuya du bout des doigts, sortit.

Dès qu'elle eut refermé la porte, Gaïa se jeta dans les bras de Nanuktalva. Ils furent incapables de retenir leurs sanglots, éprouvant chacun une semblable douleur.

– Nanuk, qu'allons-nous devenir ? questionna Gaïa d'une voix redevenue celle de la petite fille qui réclamait ses histoires d'ours.

– Tout d'abord, ne pas nous énerver, ma chérie. Ils ne peuvent tout de même pas te sortir de force de ta propre maison. Pour éviter les racontars, je te la laisserai pendant tout le temps que durera cette absurdité. Je m'installerai dans mon tipi de méditation. Ainsi, quand ils viendront, car ils n'en resteront pas là, ils ne pourront nous accuser d'entretenir des rapports… comment ils ont appelé ça dans *The Northern Gazette* ?

– Des rapports contre nature. Ton idée est bonne, à priori. On va organiser nos vies comme tu l'as dit. Mais ce soir, faisons semblant que… que tout va bien, qu'il ne s'est rien passé. Je vais te confectionner une salade, un plat de tofu pimenté ainsi que…

Nanuktalva se mit à rire.

– Voilà que tu retombes dans ta période végétalienne ? Mes protéines, elles se cachent où, là-dedans ?

– Dans le tofu, monsieur l'ignorant.

– En attendant ce repas de rêve, j'ai quelque chose à faire, prononça-t-il d'un ton redevenu grave.

Nanuktalva décrocha son fusil de chasse du mur de l'entrée, enfouit une poignée de cartouches dans sa poche et sortit. Il enferma ses chiens dans leur enclos. Puis, d'un coup de sifflet strident, il appela Qanik. Le loup qui rôdait souvent à proximité de la cabane accourut aussitôt. L'homme et le grand prédateur s'enfoncèrent dans la forêt, suivis par l'œil intrigué de Gaïa. C'était bien la première fois qu'elle voyait son vieil ami se promener sans sa meute au complet.

Une sourde appréhension prit naissance en son esprit. Elle quitta la maison d'une allure précipitée, se lançant sur les traces de Nanuktalva. Elle le rattrapa au bord de l'étang. Le vieil homme et le loup offraient une scène insolite. Nanuktalva était agenouillé devant Qanik. Elle eut du mal à en croire ses oreilles. Nanuktalva pleurait. Il parlait gentiment au loup en lui flattant la tête. L'animal, comme fasciné par la douceur des mots, regardait le vieux sans ciller. La jeune fille se rapprocha sans bruit. Elle vit Nanuktalva se lever, ouvrir son fusil, y glisser deux cartouches de gros calibre. Soudain, elle comprit. D'un bond, elle s'élança en poussant un cri.

— Ne fais pas ça !

Surpris dans son geste, Nanuktalva se retourna lentement.

— Il le faut, ma chérie.

— Je comprends. Si nous sommes séparés, Qanik…

— C'est autre chose, ça me ronge l'âme et le cœur sans interruption. Je n'en dors plus, j'ai l'impression de ne plus avoir envie de vivre, d'avoir tout raté…

— Mais enfin, Nanuk, de quoi parles-tu ?

Le vieil Inuit secoua la tête, comme incapable de répondre, alors qu'un sanglot difficilement retenu grondait dans sa poitrine.

— Si je n'étais pas resté pour m'occuper de lui… rien ne serait arrivé. Je vous aurais sauvés. Tout est la faute de cet animal !

Gaïa se blottit contre son épaule.

— Tu serais mort avec nous. Comme tu étais le plus fort, ils t'auraient attaqué ensemble… Les policiers ont trouvé des revolvers sur les deux hommes que j'ai combattus. Les autres en avaient sûrement aussi. Je me demande même pourquoi ils ne les ont pas utilisés contre moi ! Ils voulaient éviter le bruit, sûrement. Ne te sens pas coupable. Avec ou sans toi, nous n'avions aucune chance. Le destin seul a frappé. Rester avec *Qanik*, c'était te priver d'un voyage que tu rêvais d'accomplir depuis longtemps. C'est pour me faire plaisir, afin que je parte rassurée, que tu es resté avec mon petit loup. Je vois cela comme une preuve de plus de ta générosité. Je t'en suis reconnaissante. À présent, Qanik devient encore plus important à mes yeux. Il est un signe de notre destinée, de ce que l'esprit du Nord avait décidé. Tu te rappelles quand on montait sur la colline pour crier nos « n'importe quoi » ?

Nanuk esquissa un sourire.

– Pas vraiment n'importe quoi, en fait. Si tu savais ce que je disais, tu ne…

Gaïa eut un sourire malicieux.

– Je l'ai toujours su. Quand j'avais six ans, j'ai questionné une amie de maman qui parlait inuktitut, en lui faisant jurer de n'en rien dire à mes parents. Tu criais : « Va te faire foutre, Agiortok. »

Nanuktalva et Gaïa éclatèrent de rire à l'unisson. Alors, sans s'être concertés, d'un même mouvement, ils se placèrent face à l'est, crièrent à pleins poumons :

– Va te faire foutre, Agiortok !

Ils riaient, ils pleuraient, leur monde vacillait sur son assise. Ils étaient terrifiés.

CHAPITRE 10

Helena Grangorini

L'été était d'une chaleur infernale.

Une automobile, grise de la poussière des chemins de terre qu'elle avait dû parcourir pour se rendre chez Nanuktalva, s'arrêta devant la cabane. Les demi-loups l'entourèrent aussitôt en grognant. Qanik, qui n'aimait pas les étrangers, se dissimula peureusement derrière l'atelier. Une femme grande, sèche, au visage revêche, sobrement vêtue de noir, sortit du véhicule à l'immatriculation gouverne-mentale. « Cette fois, c'est du sérieux », songea Nanuktalva avec désespoir. Un homme de haute taille, large d'épaules, tout aussi lugubre d'aspect que la femme, s'éjecta souplement de la voiture, lui emboîta le pas. Ils se présentèrent succinctement.

— Gwenda Stramot, inspectrice des services à l'enfance. Aide à la famille et aux jeunes en détresse, pour plus de précision.

— Adelar Mongret, avocat, représentant ma-dame Helena Grangorini, la plaignante.

Le personnage hautain insista sur le dernier mot, afin de souligner l'urgence, ainsi que l'impor-tance de son intervention. Il tenait ostensiblement devant lui un document qui avait l'air officiel. La femme le lui prit des mains. Nanuktalva ressentit un choc au creux de l'estomac, similaire à celui d'une pointe acérée. Il comprit aussitôt que ces deux étrangers étaient porteurs de nouvelles pires encore que celles qu'il avait pu imaginer. Le malheur allait fondre sur son coin de forêt.

N'ayant pas de cours à l'université ce jour-là, Gaïa se trouvait dans la cuisine, à préparer le déjeuner. Le bruit l'attira vers la porte ouverte devant laquelle se tenaient les visiteurs.

– Où voyez-vous des jeunes en détresse dans cette maison ?

L'inspectrice l'interpella sèchement.

– Vous devez être Gaïa Beaubien ?

– Une clairvoyante ! persifla la jeune fille. Vous tirez aussi les cartes ?

Sans relever l'insolence, la femme poursuivit, s'adressant cette fois à Nanuktalva.

– Voilà donc le fameux Inuit, bien entendu. Trois plaintes ont été déposées contre vous, deux à Timmins et une dans votre coin, pour mauvais traitements envers une adolescente. On parle d'abus de toutes sortes, ainsi que de certaines saletés qui se seraient... enfin, vous savez exactement de quoi je parle. Nous venons soustraire l'enfant... disons, la jeune fille, à ce foyer malsain.

Avant que Nanuktalva ait put prononcer la moindre parole, l'avocat empoigna le bras de Gaïa. Réagissant instinctivement grâce à son entraînement intensif, elle lui bloqua le poignet d'un geste vif et tira sur son bras, en terminant sur un mouvement de luxation d'aïkido. Sa main gauche appuya sur l'arrière du coude pendant que sa droite forçait l'articulation de sa victime. L'avocat se retrouva agenouillé. Malgré elle, Gaïa poussa le poignet dans la suite naturelle du mouvement. Un craquement se fit entendre. Il était déboîté. L'avocat poussa un hurlement.

C'est alors que Nanuktalva aperçut la voiture de police garée derrière celle de la femme des services sociaux. Déjà deux policiers entouraient Gaïa, qui prit une posture défensive.

— Suffit ! cria le vieux à la femme en noir, me poussez pas à bout. En ce qui a trait aux agressions, on dirait qu'elles nous arrivent plutôt de chez vous.

Puis, s'adressant aux policiers :

— Touchez à Gaïa et je vous casse le cou !

— Monsieur Nanuktalva, bredouilla le sergent de la police municipale qui dirigeait l'expédition, vous... vous êtes en état d'arrestation pour... abus de toutes sortes...

Il ne termina pas sa phrase. L'air farouche de Nanuktalva domina la situation. Les policiers reculèrent. Ils étaient assez lucides pour ne rien entreprendre qui puisse déplaire à cet Autochtone monumental. En dépit de son âge, sa taille suffisait à faire clairement passer la menace. Pourtant, l'un des policiers porta subrepticement la main à son arme de service.

— C'est pas conseillé, mon gars. T'aurais le bras cassé avant d'avoir ôté le cran de sûreté.

Gaïa émit un sifflement amusé.

— Dire que les gens de ton peuple t'appelaient Ilaranaitok, « Celui qui ne se fâche jamais ». S'ils t'entendaient...

— Où avez-vous déniché cette idiotie de plainte pour sévices envers une enfant ? se révolta le vieil homme. Je connais Gaïa depuis qu'elle est née. Ses parents viennent d'être assassi...

— Nous le savons, l'interrompit l'avocat avec une grimace de douleur. C'est justement la raison de notre présence. Gaïa Beaubien, vous ne pouvez demeurer chez un homme de cet âge.

— On ne m'emmènera nulle part, s'écria Gaïa. Je reste avec Nanuktalva. Il ne me reste que lui. Mes parents ont fait de lui mon vrai grand-père.

— Voyons mademoiselle, de quoi parlez-vous ? On mange une tarte maison en buvant un chocolat, on crie « vive le nouveau grand-père » et il est adopté… Ça n'a aucune valeur devant une cour de justice. Vos parents n'étaient pas très prévoyants. Il n'y a rien concernant ce genre d'arrangement familial dans les papiers de votre père en possession de maître Beauregard. On n'y mentionne nullement que ce vieil homme deviendrait votre gardien.

— D'abord, c'est quoi ce papier que vous triturez depuis votre arrivée ?

— Le testament de votre père !

— Vous n'avez pas le droit de l'avoir, s'insurgea Nanuktalva. Maître Beauregard ne…

— Il n'a pas eu le choix. Il l'a envoyé à ma cliente pour la simple raison qu'elle est maintenant votre unique famille.

— Cette Aline Sanrinio ? D'où elle sort, celle-là ?

— Helena Grangorini est la sœur de votre père.

— La fameuse tante ! Pourquoi papa ne m'en aurait-il jamais parlé ?

La travailleuse sociale perdit un peu de sa superbe.

— Je ne suis pas autorisée à le divulguer… Bah, de toute façon, vous l'apprendrez assez tôt. En vérité… elle a été adoptée par vos grands-parents. C'est donc une Beaubien… même si elle n'est pas de votre sang, je le concède. Madame Grangorini est votre plus proche parente. Elle accepte de devenir votre protectrice durant la cruelle épreuve que vous traversez. Elle s'offre de s'occuper de vos affaires jusqu'à ce que vous soyez en mesure de le faire par vous-même. Elle doit donc être informée des biens que vous possédez, afin de les gérer au mieux de vos intérêts. Maître Beauregard a dû...

— Un instant! Si elle n'est pas ma vraie tante, il n'y a pas plus de liens sanguins entre nous que je n'en ai avec Nanuktalva. Ils sont à égalité. Dans ce cas, je choisis mon ami.

— Ça n'est pas aussi simple, jeune fille. Madame Grangorini a des obligations... disons morales envers vous.

— Ouais, le sauvetage de la veuve et de l'orphelin, comme au Moyen Âge.

— Elle est une Beaubien, j'insiste, qu'importe la manière dont elle l'est devenue. De plus, elle est fortunée. Chez elle, vous serez traitée comme une princesse.

Gaïa émit un ricanement moqueur.

— La pauvre Tatie n'est donc pas à la hauteur de la situation. Depuis ma naissance, Nanuktalva me traite comme une reine. Mon père n'aurait jamais donné les pleins pouvoirs à une femme dont il n'a jamais mentionné l'existence chez nous. C'est Nanuk qui avait toute sa confiance. Je veux qu'il soit mon... protecteur, comme vous appelez...

— C'est là où vous vous trompez, l'interrompit la travailleuse sociale. Lisez.

Elle lui tendit le testament.

— Effarée, Gaïa y lut que son père demandait instamment, au cas où lui et sa femme disparaîtraient, que leur fille soit placée chez sa tante à Vancouver.

L'adolescente froissa le papier, l'envoya au visage de la femme.

– Une histoire dingue ! Pourquoi le notaire ne m'a pas lu cette clause à l'ouverture du testament ?

– Heu… probablement un… oubli.

Gaïa était folle de rage. Depuis le début, on tentait par tous les moyens de la berner, elle ne pouvait se tromper.

Pendant que la travailleuse sociale tentait de faire entendre raison à Gaïa, l'avocat marchait de long en large devant la voiture, en geignant sans discontinuer. Il soutenait son poignet déboîté contre sa poitrine, comme s'il se fût agi d'une bête endormie. Excédé, Nanuktalva le rejoignit, prit d'autorité le membre blessé entre ses grosses mains et remit le poignet en place en tirant dessus d'un coup sec. Le blessé poussa un cri strident. Sur le point de se mettre à pleurer, il se réfugia dans la voiture.

– Costaud en pâte de guimauve, lui jeta l'Inuit avec dédain.

– Mademoiselle, vous n'êtes pas en position de vous objecter à la décision de votre tante. Je dirais qu'elle a été poussée par son grand cœur, ce qui convient tout à fait au ministère des Affaires sociales, intervint l'inspectrice d'une voix chevrotante. Elle comprenait enfin que la mission qu'elle devait effectuer risquait de se terminer en tragédie. Ces deux-là ne se rendraient jamais sans combattre. Elle allait devoir revenir avec des renforts. Ce que les journaux avaient dit de cette Gaïa paraissait refléter l'exacte vérité. Un démon. Quant au vieux…

– Suis-nous sagement, ma petite, insista la femme.

— Vous êtes malades, se récria Gaïa. Je ne vous perm...

Sans terminer sa phrase, d'un geste vif, Gaïa dégrafa l'attache de sa jupe, qui glissa à ses pieds. Tout aussi vivement, à la plus intense stupéfaction des visiteurs, elle passa son tricot de laine par-dessus sa tête, se livrant aux regards vêtue de ses seuls sous-vêtements. Nanuktalva ne put retenir un sourire ravi. Ça, c'était tout Gaïa !

La jeune fille effectua lentement un tour sur elle-même.

— Vous voyez des marques de sévices ? La seule cicatrice que j'ai est due à mon opération pour l'appendicite. Là, j'peux vous assurer que Nanuk m'l'a pas faite. Quant aux saletés dont vous parlez sans la moindre preuve, je suis vierge et prête à tous les examens médicaux voulus.

La travailleuse sociale jugea préférable de partir. Ils n'étaient pas assez nombreux pour venir à bout de ces deux énergumènes. Elle fit volte-face.

— Vous voulez la manière forte ? Vous l'aurez, lança-t-elle par-dessus son épaule. Un policier peut-il conduire ma voiture ? Monsieur l'avocat culturiste a fait bobo à sa menotte en serrant la main d'une petite fille, railla-t-elle, en dardant sur l'infortuné un regard dénué d'aménité.

Dès que tous les indésirables eurent quitté la fermette, Nanuktalva prit Gaïa par les épaules.

— Viens, ma chérie, allons faire un tour au bord du lac avec les chiens, ça nous ressourcera un peu.

Ils partirent main dans la main, les yeux remplis de larmes. L'avenir s'annonçait ombrageux.

— Fuyons, Gaïa, le plus loin possible. Cachons-nous dans la forêt... mieux, réfugions-nous parmi mon peuple. Les salopards du gouvernement ne penseront jamais à nous rechercher au Nunavut. La satanée tante veut juste s'approprier ton héritage, j'en suis sûr.

— J'en doute, Nanuk. Tu as entendu cette chipie le dire. Helena est riche. Ce n'est pas une petite concession de voitures, ni deux ou trois commerces insignifiants et quelques actions dans un restaurant de luxe, qui pourraient la tenter à ce point. Il doit exister un autre motif à cette volonté de m'adopter... ou je ne sais quel autre terme juridique ils emploieront dans mon cas. Je suis certaine que vivre dans ton pays me plairait infiniment, mais fuir serait accorder à ces abrutis une victoire morale. Nous devons au contraire rester ici, faire face à ces gens malveillants ; nous battre, d'accord, mais par l'entremise d'un avocat. Faisons les choses légalement. Si mon père n'a jamais mentionné cette soi-disant tante, il devait avoir de bonnes raisons. Je suis en âge de choisir l'orientation de ma vie, il me semble. Dans quelques mois je serai majeure, bon sang ! Gagnons juste un peu de temps !

Nanuk se laissa fléchir, sans être totalement convaincu du bien-fondé de ces arguments. Pousser cette déplaisante affaire jusqu'en cour de justice pouvait tout aussi bien tourner à leur désavantage.

La soirée en tête à tête dans la cabane fut silencieuse. Les deux amis ne savaient que dire. Gaïa, la tête trop douloureuse pour réfléchir posément sur les évènements ahurissants qui les agressaient de tous côtés, suivait des yeux le vieux qui s'affairait aux tâches quotidiennes. Elle avait confiance en sa force, mais suffirait-elle à les tirer de ce mauvais pas ? Incapable de prendre la moindre décision, elle s'en remettait entièrement au bon jugement du vieil ami. À eux deux, il trouverait sûrement une solution à cette tragédie en devenir. Gaïa avait peur de le perdre.

Ils passèrent huit jours ainsi, dans une angoisse constante, repliés sur leur inquiétude.

La femme en noir les avait-elle oubliés ?

*   *

*

Un matin, une autre travailleuse sociale appela. C'était une bonne amie des parents de Gaïa. Elle informa la jeune fille que, malgré son intervention en leur faveur, elle n'avait rien pu faire. Gaïa irait chez sa tante ! Une décision officielle avait été rendue la veille. Gaïa et Nanuktalva devaient s'attendre sous peu à une visite désagréable. À ces mots terribles, les nerfs de la jeune fille craquèrent. Elle perdit connaissance, au grand émoi de Nanuktalva. Lorsqu'elle reprit conscience, elle se jeta dans ses bras. Le vieux sanglotait comme un enfant, serrant la jeune fille entre ses bras puissants.

— Je ne les laisserai pas te prendre, Tiriganiak.
— S'ils parviennent tout de même à nous séparer, tu viendras me chercher ?

Il le promit, d'un signe de tête. Certains mots devenaient trop difficiles à prononcer.

*   *

*

Le lendemain, les sinistres personnages de la protection de la jeunesse étaient de retour. Ils avaient fait les choses en grand. Deux voitures de patrouille les accompagnaient. Nanuktalva n'en croyait pas ses yeux.

– Manque juste Brad Pitt ou Schwarzenegger, magnum 44 à bout de bras, fit-il remarquer à Gaïa avec un hochement de tête incrédule. Une telle force de frappe, pour nous ! Diable !

Six policiers quittèrent leurs véhicules, équipés de matraques et d'aérosol au poivre de Cayenne. Ils savaient que le vieux et la jeune fille ne se laisseraient pas faire. Helena avait d'ailleurs usé à leur égard d'arguments très convaincants. Quelques poignées de dollars étaient passés de mains en mains.

– Pas d'artillerie lourde ni de support aérien ? railla Nanuktalva.

Ce fut la travailleuse sociale, toujours de noir vêtue, qui initia le dialogue, assez bref en vérité. L'avocat était absent.

– Voilà, dit-elle, en tendant un document au vieil Inuit.

Il s'en empara, curieux, presque amusé. Qu'avait bien pu inventer l'administration pour lui enlever Gaïa ? Le procès-verbal ne concernait que lui. Un mandat d'arrestation ! Ses yeux s'agrandirent sous l'effet de la surprise. Motif : Avoir proféré des menaces de mort envers un gendarme dans l'exercice de ses fonctions.

– Vous plaisantez, s'offusqua le vieux. C'était rien qu'des paroles en l'air, de ces choses qu'on dit sous le coup de la colère. Ça devrait pas prêter à conséquence. Je vous fais mes excuses.

– Monsieur, lui rétorqua l'officier responsable du petit détachement, je n'ai pas à entrer dans ces considérations. La cour décidera de votre culpabilité. Un mandat est émis contre vous, je l'exécute. En voici un autre, d'ailleurs... hum... Car le juge n'a pas oublié vos « rapports pervers répétés avec une adolescente ».

— Salauds ! leur cracha Nanuktalva en serrant les poings.

Il sentait venir la colère. Tous ici paraissaient réciter un rôle. Les documents, la force policière… une mise en scène ! Si Nanuktalva quittait la cabane, Gaïa resterait seule. Excellent motif pour l'embarquer elle aussi.

— Nanuk, ne jette pas d'huile sur le feu. Suis-les, je te ferai sortir dans un jour ou deux, murmura-t-elle, d'un ton résolu. Ce sera facile de prouver que tu n'es coupable de rien de répréhensible. Je connais un capitaine à la police municipale. Il m'aidera peut-être.

Un vieux sergent sortit des menottes. Nanuk tendit les mains. On le conduisit ensuite vers un fourgon blindé qui attendait à proximité.

— On me fait trop d'honneur, ricana le vieil homme. Quatre bouffeurs de stéroïdes avec fusils d'assaut, grenades lacrymogènes à la ceinture, un véhicule d'intervention anti-terroriste… Hé, une chance que je n'ai rien fait.

Devant la cabane, la situation empira.

— À nous, super *woman*, dit la femme en noir. Que ça vous plaise ou non, je vais vous soustraire à cet environnement malsain, par la force s'il le faut. Vous vivez en sauvageonne avec un vieux fou d'Autochtone qui pourrait être votre grand-père. Ce document vous ordonne de filer sans attendre en Colombie-Britannique où réside votre tante. Vous ne semblez pas avoir l'intention d'obtempérer pacifiquement, j'ai donc permission d'utiliser la for…

Gaïa sembla d'abord ne pas prêter attention aux paroles de son interlocutrice. Puis, avec une vitesse surprenante, la gifle partit.

— Ça, c'est pour « le vieux fou », maudite sorcière.

Nanuktalva allait monter dans le fourgon lorsque le tumulte créé par la gifle le fit se retourner. Il vit les gendarmes s'emparer de Gaïa. Le vieux poussa un rugissement de colère. Il s'était fait jouer. Les autres avaient attendu qu'il soit menotté pour entrer en action. Il se dégagea sans effort de l'étreinte des hommes qui le retenaient en leur projetant au visage, l'un après l'autre, ses poings liés ensemble. Il s'apprêtait à secourir Gaïa malgré les forces dressées devant lui. La jeune fille voyant l'inutilité de leur résistance le tempéra d'un ton fataliste.

— Nanuk, laissons cette incohérente stupidité aller son chemin. On avisera plus tard.

La mégère n'avait pas réagi à l'agression de Gaïa. D'un geste, elle retint même toute réaction offensive de ses accompagnateurs. La maudite gamine lui avait causé suffisamment de problèmes. Cette histoire n'allait tout de même pas se conclure en bataille rangée !

— Vous n'avez pas le droit de m'envoyer chez cette femme, argumenta Gaïa coléreuse. Je suis certaine que le testament que vous m'avez présenté est un faux. Mon père n'aurait jamais… D'ailleurs, à mon âge, je ne peux ni être adoptée ni mise en tutelle. Je vous…

— Embarquez vite le vieil emmerdeur ! ordonna la femme à deux policiers.

Elle se méfiait de cet Autochtone irascible. Même les mains entravées devant lui, il pouvait s'avérer dangereux. Lui restait ses jambes ! Mais pourquoi ne lui avait-on pas attaché les mains dans le dos, comme cela devait se faire ? Elle rageait. Où ces policiers bornés avaient-ils appris leur métier ?

Gaïa, qui songeait déjà à la meilleure façon de faire libérer son ami, dut vite déchanter. Plusieurs hommes s'approchaient d'elle en formant un arc de cercle. Toute fuite lui devenait impossible, à moins de se frayer un chemin de force. Exilée dans une province lointaine, elle serait incapable de venir en aide à son ami. C'est elle, en fait, qui aurait besoin d'être secourue. Gaïa réalisa avec effroi que ces gens étaient en train de l'enlever !

Soudain, la femme sortit une enveloppe de son sac et l'agita devant Gaïa.

— Voici votre billet d'avion. Départ dans deux heures. Là-bas, ils vous attendent.

Devant l'air mauvais de l'adolescente, les poings serrés, levés en position d'attaque, l'inspectrice eut un rire bref.

— Auriez-vous la prétention d'affronter quatre hommes à la fois ? se moqua-t-elle. Vous devez être une adepte des films de Jackie Chan, le fameux roi du Kung Fu !

— Exact ! Grâce à ça, je pourrais vous briser la mâchoire d'un coup de pied, avant même qu'un seul de vos bouffeurs de stéroïdes aux muscles atrophiés ait eu l'temps de bouger. Au fait, on vous a payé combien pour l'acte répugnant que vous commettez ici ?

La représentante du gouvernement en demeura bouche bée, alors que les policiers entraînaient Gaïa vers une auto patrouille. Malgré la certitude qu'elle avait de ne pouvoir échapper à l'effrayante situation dans laquelle on la plongeait, l'orpheline opposa une résistance de principe.

Qanik, qui s'était rapproché de la lisière du bois d'épinettes, de l'autre côté de la rivière, tendit son fin museau vers le ciel et hurla son désarroi. Un des policiers empoigna vivement son pistolet automatique. Avant que la jeune fille ait pu lancer un avertissement à la bête, l'agent avait ôté le cran de sûreté et tiré. Le loup poussa un cri aigu et se glissa en boitillant dans un bouquet d'arbustes épineux.

Gaïa darda sur l'homme un regard hargneux, y mettant toute la violence dont elle était capable. Elle secoua doucement la tête. Que dire à cette sorte d'imbécile qui abat un animal sans le moindre motif ? Tuer un loup ! Bel exploit ! Les pauvres bêtes sont si peureuses ! Un enfant ferait fuir toute une meute en tapant simplement dans ses mains.

Le vieux regardait intensément le visage défait de Gaïa, par la fenêtre grillagée du fourgon cellulaire, fou de rage de son impuissance à lui venir en aide. La jeune fille se laissa emmener jusqu'à une auto-patrouille, y monta sans un mot, après un dernier regard vers la maisonnette en rondins. Elle y avait été si heureuse ! Gaïa ne pleurait pas. Elle avait trop mal. Le fourgon qui emportait son vieil ami s'amenuisa au loin puis disparut dans un nuage de poussière jaune.

Une heure plus tard, l'adolescente fut conduite à l'aéroport de Timmins par deux solides policiers en civil, experts ceintures noires de kung-fu, lui fut-il spécifié. Elle se rendait à Vancouver où l'attendait sa tante, une parfaite étrangère qu'elle détestait déjà ardemment sans même la connaître.

Nanuktalva fut libéré 24 heures plus tard. Toutes les plaintes avaient été retirées, les faits graves qu'on lui reprochait, simplement oubliés. Ces accusations n'avaient été qu'une manœuvre autorisée par un système corrompu qui cautionnait le transfert de Gaïa vers la Colombie-Britannique. En vérité, c'est un officier de police à la solde d'Helena qui avait fabriqué les prétendues preuves. Mais ces manigances se retournèrent contre lui et le service de police de la ville. En effet, l'homme vit son initiative dégénérer en débat politique. Le ministère de la Justice se fit rapidement de nombreux ennemis parmi les défenseurs des droits des minorités autochtones. Le poste de police de la rue White Pine reçut des lettres de protestation du Grand Conseil métis de la province, en plus de nombreuses plaintes provenant de diverses tribus disséminées à travers le pays, mais aussi aux États-Unis et en Amérique du Sud.

Lorsque Nanuktalva se retrouva seul dans sa forêt, la réalité s'abattit sur lui comme un coup de poing gigantesque. En quelques semaines, ses meilleurs amis venaient de lui être enlevés. C'était plus qu'il n'en pouvait supporter. Son esprit était en pleine débandade. Il sortit avec ses chiens, se promena longuement au bord du lac. Lorsqu'il se fut apaisé, la conduite à suivre s'imposa d'elle-même. La raison l'emportait sur ses émotions. Il avait promis à Gaïa de ne pas l'abandonner ! Il devait agir.

Huit jours passèrent sans qu'il reçoive la moindre nouvelle de l'adolescente. Puis, un matin, elle téléphona. Sa voix affolée et son débit précipité laissaient augurer le pire. Gaïa retenait visiblement ses larmes.

– Elle me harcèle pour que je transfère la totalité de mon héritage à son nom, afin de m'aider à le gérer, dit-elle. Sa compassion envers mon deuil ? Une belle arnaque ! J'en suis persuadée.

Ce que sa tante lui demandait était ni plus ni moins le transfert de ses actes de propriété à son nom. Gaïa, ne voulant pas s'engager dans la moindre transaction financière avec cette femme, avait exprimé le désir d'être assistée par un avocat. À sa surprise, sa tante avait refusé. Nanuktalva lui fit remarquer qu'elle était à la merci d'Helena et qu'elle ne pourrait la contrer indéfiniment. Gaïa, le reconnut sans peine.

– Je tiendrai, le plus longtemps possible. Je suis en âge de décider par moi-même.

CHAPITRE 11

Le testament olographe

L'automne se termina sur une neige précoce. Nanuktalva se trouvait à court d'idées pour ramener Gaïa auprès de lui. Il devrait frapper un grand coup, mener une action décisive, utiliser la force, si besoin était. Persuadé de se trouver dans son droit, il en faisait une obsession. Les plans tournaient en boucle dans sa tête, abandonnés aussitôt conçus.

Enfin, l'idée salvatrice lui vint. Nanuktalva poussa un cri. Il avait trouvé une solution pacifique. Il adopterait Gaïa légalement. Il enfila son meilleur costume – qui le gênait de tous bords, car il ne l'avait pas endossé depuis une quinzaine d'années –, glissa une cravate autour de son large cou, peina longuement sur le nœud, puis se rendit en ville afin d'y rencontrer le responsable du service aux familles qui s'était occupé du placement de Gaïa à Vancouver.

Jason Wilburn le reçut avec amabilité. Comme tous ici, il connaissait l'ampleur du drame qui avait marqué la famille de la jeune fille, n'ignorant pas la catastrophe évitée de peu lorsque Gaïa avait dû quitter la cabane. Il trouva Nanuktalva attendrissant.

– Aidez-moi, commença le vieil Inuit, d'une voix tremblante. J'aime cette enfant comme si elle était mienne. Vivre sans elle est trop dur. Je veux l'adopter.

L'officier municipal hocha tristement la tête.

– Monsieur Nanuktalva, que puis-je vous répondre ? Cette jeune fille a déjà une famille. Elle a priorité sur vous. De plus, vous êtes célibataire, ce qui s'oppose irrémédiablement à votre projet. Un homme seul ne saurait adopter un enfant, encore moins une adolescente. Elle a besoin d'un foyer stable pour la guider dans la vie. Il n'y a rien que je puisse faire.

Anéanti par cet échec, Nanuktalva prit rendez-vous à Timmins, avec une conseillère à la direction générale de la protection de la jeunesse. Elle le reçut avec réticence et le traita sans ménagement.

– Comment ! Un homme de 65 ans adopter une jeune fille ? lui laissa-t-elle entendre, dédaigneusement. Elle a une vraie famille à Vancouver, vous êtes un étranger. Si au moins vous étiez marié... Oubliez-la !

Tout juste si cette femme ridicule ne lui éclata pas de rire au nez. Nanuktalva demanda si on pouvait au moins lui accorder un droit de visite. Là encore, il lui fut opposé un refus à peine poli. Les gens de Vancouver avaient donné des instructions strictes.

L'Inuit ne devait pas contacter leur nièce !

– S'il en est ainsi, nous irons en cour, prononça Nanuktalva, d'un ton vibrant de rage, en sortant.

Il laissa la porte ouverte. S'il l'avait refermée, avec la colère qui grondait en lui, elle aurait arraché la moitié du mur. Ces inconscients voulaient la bagarre ? Ils allaient l'avoir. Mais avant, Nanuktalva fit une dernière tentative « légale ». Il prit un avocat. Il attaquait, mais en douceur, comme le souhaitait Gaïa.

Ce nouvel effort n'alla pas loin. Un mois plus tard, Nanuktalva sortait de chez le juge en retenant ses larmes. L'affaire n'avait même pas franchi son bureau. L'ultime manœuvre venait d'échouer. Il était furieux, tremblait de la tête aux pieds. La tante détestable avait gagné. Le vieux ne retirait rien de bon de cette lamentable histoire, sauf une faveur infime : Gaïa était autorisée à lui écrire une fois par mois une pauvre lettre, probablement censurée avant l'envoi. Des miettes dérisoires, cruelles ! C'est tout ce qu'on lui jetait pour apaiser son cœur, le forcer à renoncer à l'affection de Gaïa.

C'était inacceptable !

*　*
*

L'âme au désespoir, Nanuktalva passa deux jours sans dormir, mangeant le minimum vital pour ne pas tomber d'inanition. Le matin du troisième jour, il crut avoir découvert la solution idéale. Au moment où il s'apprêtait à sortir pour se rendre à l'écurie, le téléphone sonna. C'était Gaïa.

— Ne m'interromps pas, Nanuk. Ma tante est allée chez sa manucure au coin de la rue, je suis seule avec le jardinier qui refait un massif devant l'entrée. Ça nous laisse environ 30 minutes.

La jeune fille résuma ce qu'elle avait appris dernièrement et qui éclairait la situation d'un jour nouveau.

— Ma tante veut que j'établisse mon testament en sa faveur, rien que ça ! Hier, nous sommes allées une fois de plus chez son notaire. Je me méfie plus encore. Il a une tête d'escroc, comme dans les films de gangsters. D'après les chiffres qu'ils m'ont soumis, les biens de papa représentent beaucoup plus d'argent que je ne l'aurais cru. Une chose que je ne comprends pas, c'est une mention étrange sur les documents qu'elle m'a fait lire et que je dois approuver : On y parle de « tous les biens que je pourrais posséder dans les territoires du nord ». Elle est folle, je n'ai rien dans le nord, à part les entreprises de papa à Timmins ! Malgré les menaces, j'ai encore refusé de m'engager. Mon avocat n'était même pas là, imagine. La tante en était bleue de colère. Mais ça ne peut s'éterniser ainsi.

— Cette histoire est suspecte, tu as raison.

— D'ailleurs, je trouve étonnant que cette tante, soudain si attentionnée, inquiète pour ma santé, ne se soit jamais manifestée une seule fois depuis ma naissance…

— La maudite Helena finira par avoir gain de cause, c'est imparable, car elle est bien ton unique parente. Pour prendre tes affaires en main, elle devra prouver que tu n'es pas en état mentalement de le faire depuis la mort tragique de tes parents. Parvenir à ce résultat n'est pas chose facile. Ça nous laisse le temps d'aviser. Mais… tu ne pourrais pas t'échapper ?

— J'préfère pas… si je le faisais, elle a juré de… de te tuer. De plus, je ne peux même pas appeler la police. Que leur dirais-je ?

— Mais enfin, tu es séquestrée, prisonnière ! C'est du kidnapping déguisé.

– Pas vraiment. Elle me traite bien, m'achète des vêtements coûteux, que je déteste, mais qu'elle m'oblige à porter. J'ai deux servantes, les repas sont incroyables de délicatesse, j'ai le droit de sortir quand je veux, d'aller au cinéma, au parc...

– Alors, je ne comprends plus.

– Tous mes déplacements se font sous l'œil attentif d'armoires à glace, deux types armés jusqu'aux dents, j'imagine. Ils me surveillent, 24 heures sur 24. Ils doivent même dormir devant ma porte, comme les eunuques des pharaons. Des chiens de garde ! « Pour ma protection », prétend-elle. Il y a plus grave, Nanuk. La sorcière a décidé que si je ne cessais pas de mentionner ton nom et les belles années que nous avons eues ensemble... car elle en crève de jalousie, eh bien, elle te ferait évincer de chez toi.

– Cette cabane m'appartient, ainsi que les 50 acres de forêt qui l'entourent, se récria Nanuktalva.

– Je sais. Mon père m'a dit qu'il te l'avait donnée, mais c'était un don verbal, il me semble. Existe-t-il un papier officiel de cette donation ? Helena, bien entendu, connaît l'existence de ta demande d'adoption. Elle dit que si tu ne lui fiches pas la paix... elle te fera « déporter ». Tu t'imagines, toi, renvoyé dans ta réserve ? Pour ses fausses accusations, elle trouvera sans peine dix témoins qui affirmeront que tu...

– Quel genre de monstre est donc cette maudite bonne femme ?

– Là, je vais t'étonner. Je viens de l'apprendre par le journal, dans un reportage sur la pègre canadienne. Son mari, Guiseppe Grangorini, était la tête dirigeante de la quatrième plus importante famille en matière de crime organisé au Canada. Les Grangorini sont affiliés aux Giancomo-Larroga, puissante « famille » mafieuse de Chicago. Depuis la mort de Guiseppe, c'est elle, incroyablement, qui dirige la « famille » mafieuse de l'Ouest canadien.

Le vieux frémit à cet abominable retournement de situation. Les enjeux devenaient monstrueux ! Si son intuition s'avérait exacte, la vie de Gaïa était menacée à très court terme. De plus, il lui fallait à tout prix sauvegarder les intérêts de l'adolescente.

— Pauvre chérie, dans quelle galère sommes-nous embarqués ?

— Tu devrais aller fouiller le bureau de mon père. Il a un coffre dissimulé dans le salon.

— Je sais où il se trouve, Gaïa.

— Il me semble avoir entendu que, depuis que papa avait acheté son nouveau commerce, il voulait rédiger à la main un autre testament… olographe, que ça s'appelle. J'ignore pourquoi. Si cela était vrai, ce document annulerait celui que détient ma tante, n'est-ce pas ?

— Ton père était pas mal intuitif, on dirait. Je vais aller récupérer ce document. Espérons que ce n'est pas juste un brouillon. Il faut qu'il soit signé. Enfin, s'il l'est, même sans témoins pour l'établir, ça serait déjà une épine dans les pantoufles de cette chère Helena.

— Nanuk, ramasse tous les papiers que tu trouveras dans le bureau. Tu feras le tri plus tard. Il peut y avoir des choses qui nous serviront à mettre cette maudite tante en difficulté.

— Tu as raison. Je file au domicile de tes parents dès ce soir. Quel bonheur qu'on ne l'ait pas loué ! Ah ! La mauvaise femme. Je vois pourquoi Ryan n'a jamais parlé d'elle…

La voix oppressée de Gaïa l'interrompit.

– Je te laisse, Nanuk. Sa voiture remonte l'allée. Je t'appelle dès que j'apprends quelque chose… salut !

Nanuk n'avait rien dit de ses soupçons, mais il était quasiment certain que cette femme avait fait assassiner les parents de Gaïa pour s'emparer de son héritage. Elle aurait dû être au nombre des victimes. Il n'était pas difficile de deviner qu'une escroquerie était sur le point de se produire. Le fait qu'Helena la recevait chez elle, aux yeux de tous, ne le rassurait qu'à moitié. Gaïa ne devait pas établir le moindre acte testamentaire. Sa survie en dépendait.

Au début de l'après-midi, Nanuktalva prépara son vieux fusil de chasse, pour parer à toute éventualité. Le vieux n'aimait pas les surprises et avec cette femme, il fallait s'attendre à tout. Il était encore solide, certes, mais la maladie le diminuait parfois inexplicablement. Il perdait alors ses forces, au point d'éprouver de la difficulté à se mouvoir. Tout son corps semblait se briser, chacun de ses os devenait douloureux.

Il retira les plombs d'une poignée de cartouches et les bourra de gros sel. En pénétrant sous la peau, celui-ci fondrait, occasionnant une douleur infernale. Il suffisait pour s'en rendre compte d'en faire tomber un grain sur une petite coupure à un doigt. Nanuktalva ne voulait pas ajouter un meurtre à son dossier déjà lourd. Gaïa et lui avaient bien assez de problèmes comme cela.

Il se rendit chez ses malheureux amis. Ne voulant pas briser les scellés que le notaire avait fait poser sur chacune des portes, Nanuktalva décida d'entrer par le soupirail de la cave, dont le loquet n'avait jamais fonctionné depuis la construction du pavillon. Par acquit de conscience, il fit d'abord le tour de la maison, vérifiant chaque plomb en interdisant l'accès. Quelle ne fut pas sa surprise de constater que la porte principale avait été forcée! Les scellés pendaient, arrachés. Aucune précaution n'avait été prise pour faire de cette violation de domicile un acte discret. La porte avait éclaté du haut en bas.

Nanuktalva tendit l'oreille. Il percevait des craquements en provenance du bureau de Ryan. Le vieux ôta ses souliers, avant d'entrer précautionneusement dans la maison. Les bruits se firent plus distincts, à mesure qu'il approchait de la pièce. Nanuk percevait, par intermittence, deux voix, couvertes par le bruit de meubles déplacés et d'autres objets fracassés par terre ou contre les murs. Les hommes riaient, plaisantaient, comme s'ils se fussent trouvés confortablement installés chez eux.

Le vieux avança légèrement la tête. Comme s'ils savaient ne pas craindre de visite importune, les intrus avaient allumé des lampes ici et là. Ils jetaient en vrac des papiers dans une sacoche de cuir, sans même les regarder. La pièce semblait avoir été ravagée par un ouragan. Les vandales avaient été jusqu'à arracher les lattes du plancher, éventrer les fauteuils, décoller les tapisseries. Nanuktalva les vit s'acharner sur les rares endroits demeurés intouchés. Ils cherchaient visiblement quelque chose de spécifique, mais ne l'avaient apparemment pas encore trouvé. Ces hommes n'étaient manifestement pas de simples voleurs! Nanuktalva, qui pensait avoir pour lui l'effet de surprise, s'apprêta à s'élancer sur les indésirables personnages, son fusil pointé devant lui.

Les choses ne se passèrent malheureusement pas comme il l'avait anticipé. Un troisième homme, jusque-là dissimulé dans la pénombre du bureau, s'élança vers l'Inuit, un poignard dirigé vers sa poitrine. Nanuktalva jura. De toute évidence, on l'attendait. Le vieux comprit en un éclair. Dès lors, la présence de ces gens s'expliquait sans le moindre doute : le téléphone de Gaïa était sur écoute, naturellement ! Une précaution élémentaire pour la pègre. Apprenant ainsi qu'il venait fouiller dans les dossiers de Ryan, la tante avait commandé ce guet-apens. S'il existait un second testament, ainsi que Gaïa l'avait mentionné, elle le voulait. Personnalité du monde interlope, Helena avait assurément des contacts dans la région de Timmins. Il lui avait suffi d'un coup de téléphone pour décider du sort de Nanuktalva. Elle sous-estimait pourtant son adversaire.

Nanuktalva réagit avec une impensable vélocité. Ce vieil homme, capable de s'attendrir aux larmes devant les facéties d'une petite fille, redevint en un instant le guerrier de sa jeunesse. Nanuk avait une solide habitude des affrontements exigés dans le corps à corps inuit, qu'il avait enseigné des années à Dawson City, puis à Timmins, au Ranger's Martial Arts Studio. Par la suite, il s'était intéressé à plusieurs autres genres de combat à mains nues. En plus de sa force colossale, cette connaissance de la lutte et des disciplines asiatiques faisait de lui un adversaire redoutable, quasi invulnérable, même à son âge.

En voyant l'homme armé d'un couteau, Nanuktalva comprit que les indésirables visiteurs ne voulaient pas attirer l'attention de la police en tirant à tort et à travers. Son assaillant n'eut pas le temps de comprendre ce qui lui arrivait. Après avoir jeté son fusil derrière un fauteuil, Nanuktalva saisit l'homme au poignet et l'attira à lui.

Dans un mouvement complémentaire, il pivota, effectua une torsion du buste de 90 degrés, entraînant ainsi le corps de son adversaire. Le membre violemment sollicité fut déboîté à l'épaule et les ligaments déchirés. Une fois l'homme au sol, Nanuk termina par une pression sur l'articulation du coude, qui se cassa net. Nanuk avait attaqué à une vitesse telle, que les deux autres malfrats n'avaient pas eu le temps d'intervenir. Ils étaient d'ailleurs persuadés que leur compagnon, ancien parachutiste des forces spéciales américaines, aurait facilement raison de ce vieillard. Mais Nanuktalva avait surestimé ses capacités physiques. Après ce seul affrontement, son instinct lui dicta de changer de tactique. Lorsqu'il vit des automatiques apparaître dans les mains des bandits, il n'eut pas le temps de réfléchir à un plan d'action. Il agit d'instinct.

Une fois de plus, Nanuktalva prit ses adversaires par surprise. Se jetant derrière le divan où il avait lâché son fusil, il arma les deux percuteurs, se releva, tira ses deux cartouches l'une après l'autre. Touchés en plein visage par la décharge de sel, les malfrats s'écroulèrent avec des hurlements démentiels. Nanuk eut un haut le cœur. Certes, ils étaient des ennemis prêts à le tuer, mais tant de souffrance inutile lui retournait l'estomac. Il en aurait pourtant fallu bien peu à Helena pour éviter cette escalade de violence. Il lui aurait suffi de se montrer raisonnable, rien de plus. « Pauvres diables, se dit Nanuktalva. Ils n'ont pas fini de souffrir ! »

Sans un regard en arrière, il emporta tous les papiers que les trois hommes avaient préparés dans une sacoche. Ensuite, sachant qu'il ne serait plus dérangé, Nanuktalva passa au salon et chercha le coffre au-dessus de la cheminée. Il en connaissait la cachette, ainsi que la combinaison que lui avait confiée Ryan. C'était tout simplement le nom de sa fille à l'envers : a.ï.a.g. L'Inuit appuya sur une brique. Un panneau de 50 centimètres de côté se déplaça, dévoilant l'ouverture. Nanuktalva sourit. Son ami avait une imagination débordante. Le vieil homme tapa le mot de passe sur le clavier, poussa le lourd panneau du coffre et récupéra les dossiers. Il savait aussi trouver là, sur un carnet vert, le numéro de compte du coffre de sûreté d'une banque au village, dans lequel Ryan conservait quelques valeurs en or et d'autres importants documents. Le père de Gaïa n'en avait pas soufflé mot à sa femme pour ne pas l'inquiéter, mais apparemment, il n'était pas tranquille. Sa sœur l'aurait-elle contacté dernièrement, même menacé ?

Une fois au volant de sa vieille camionnette, sans même jeter un regard sur les documents récupérés, Nanuktalva décida de revenir à la stratégie de dernier recours qu'il avait imaginée juste avant l'appel de Gaïa. Il se rendit à sa cabane, dissimula la sacoche de documents dans une niche et sella son vieil étalon. Il traversa la forêt, ses demi-loups bondissant devant lui. L'hiver s'acharnait sur le pays avec des tempêtes de neige magistrales. Il faisait un froid pénétrant, mais le vieux se riait des intempéries, tout à son plaisir anticipé de changer prochainement en sa faveur le cours des évènements. Nanuktalva était enchanté de la surprenante idée qui lui était venue. Elle lui vaudrait sans faute la bienveillance des services sociaux. Il chevaucha dix minutes. Lorsque le soleil s'abîma derrière la berge d'un lac immense, au bord duquel se dressait un campement d'une dizaine de tentes, il fit halte.

Il était arrivé !

Nanuktalva arrêta son cheval devant un grand tipi en peau d'orignal. La neige accumulée avait fait monter le sol d'un mètre autour de la tente. C'était à présent un chemin en pente qui menait à l'intérieur. « Quand il faut installer une échelle pour sortir d'un tipi, c'est que l'hiver est rude ! » lui avait dit un jour la propriétaire en pouffant. Il descendit de sa monture, l'abrita dans une grange immense avec les bêtes et autres animaux domestiques des Autochtones du village.

Nanuktalva se planta devant l'abri joliment décoré. D'un raclement de gorge, il s'annonça aux occupants de la petite habitation de cuir.

— Entre, Nanuk, lança une voix chantante de femme.

— Toi alors ! Tu me surprendras toujours Yu-Wah-Kon-Pe, s'esclaffa le vieux, jovial, en soulevant le rabat de cuir écru qui fermait l'entrée. En plus de tous tes talents, aurais-tu aussi celui de double vue ?

— Pas besoin, tu t'annonces toujours avec ce même bruit... J'ai plaisir à te voir. Elle sourit gentiment. J'ai appris par un ami les tristes évènements de ton coin de forêt. J'attendais ta visite. Moi, je n'osais pas aller te déranger au milieu de... Enfin, j'espérais simplement qu'un jour tu aurais besoin de t'épancher le cœur auprès d'une « vieille » amie.

Elle insistait malicieusement sur le mot
« vieille ». Charmante, amicale, la jeune femme
n'avait assurément pas connu plus de 30 hivers,
qu'elle portait d'ailleurs avec une admirable grâce,
tant sur les traits délicats de son visage, que dans
l'attrayante forme de son corps.

– Tu as été long à te décider.

Il crispa les lèvres sans répondre.

Au centre du logis pétillait une odorante flambée de pins. Agenouillée, la maîtresse des lieux
s'activait à la préparation du dîner. Au fond, deux
formes couvertes de fourrures s'agitaient avec des
petits bruits rauques. Ses enfants, un garçon et une
fille. Wom-Dee Paha Sapa, « Aigle Noir », et Mah-
Ka-Bdu Wah-Kah-Son-Son, « Oiseau des Neiges »,
des noms typiquement dakotas.

Le vieil Inuit s'accroupit devant son amie. Ils
s'observèrent un moment sans parler, savourant le
plaisir qu'ils éprouvaient à se retrouver. Le vieux
avait toujours ressenti une grande tendresse envers
la jeune femme. Ce qui l'amenait aujourd'hui
n'allait pas être facile à exprimer. La jeunesse de
Yu-Wah-Kon-Pe avait toujours freiné les sentiments
de Nanuktalva. Mais les circonstances venaient
d'effacer les raisons de sa timidité, transformant
sa retenue en une prière née du besoin impérieux
de reprendre Gaïa.

– Il s'agit de l'existence d'une adolescente chère
à mon cœur, Yu-Wah-Kon-Pe, commença-t-il.

– Je connais les liens qui vous unissent,
Nanuktalva.

Il prit l'infusion d'herbes de la forêt, sucrée au
miel sauvage, que lui tendait Yu-Wah-Kon-Pe. Un
quart d'heure passa dans le silence, dédié à la seule
contemplation du feu de bois qui brûlait avec ses

craquements discrets et répandait ses enivrantes odeurs.

— Je ne suis pas ici pour simplement m'épancher, comme tu le penses. J'ai besoin de ton aide. J'avais deux amis…

Le ton de Nanuktalva se fit monocorde, comme s'il ne s'agissait pour lui que d'exposer un fait anodin.

— Une tragédie me les a pris. Il me restait Gaïa, l'ange de mes vieux jours… On me l'a enlevée aussi.

Il exprima tout naturellement le reste de ce qui emplissait son esprit chaviré de douleur.

— Toi seule, Yu-Wah-Kon-Pe, pourrais me venir en aide. Célibataire, je n'ai aucune chance d'obtenir la garde légale de Gaïa. Par contre, si j'étais marié… Bien entendu, il ne serait pas question de… de faire… enfin tu comprends. Ce serait juste pour les apparences.

Il n'osa terminer sa phrase. Son amie le regardait, les yeux grands d'incrédulité. Durant un instant d'émotion, sa gorge se serra à l'étouffer, ses lèvres s'étirèrent dans ses joues, comme si elle hésitait entre les larmes et le rire. L'air grave de Nanuktalva la dissuada d'emprunter cette voie pour exprimer sa stupéfaction. Son ami était sérieux dans cette demande en mariage si malhabilement présentée.

La jeune femme détourna la tête, gênée.

— Nanuktalva, c'est une belle pensée, mais cela ne marchera jamais. Espères-tu persuader les gens des Services sociaux qu'à l'approche de tes 65 ans, tu te maries par amour avec une femme qui pourrait être ta petite-fille ?

Nanuktalva se doutait bien un peu que son projet était chimérique. Sans compter que, dans cette affaire, il n'aurait fait qu'utiliser la jeune veuve à son profit, ce qui manquait indéniablement de délicatesse. Après un repas pris en silence, il quitta son amie avec au creux de l'estomac une boule dure qui l'empêchait presque de respirer. Quelle solution lui restait-il ?

*　*

*

Le mercredi suivant, il y eut en son absence un appel de Gaïa enregistré sur son répondeur.

– J'ai entendu ma tante parler avec un de ses hommes de ta bagarre dans le pavillon de mes parents. Ton petit numéro de cirque a remué pas mal d'air ici, je t'assure L'une des brutes a perdu les deux yeux, l'autre est borgne. Pas difficile de deviner qu'Helena faisait surveiller le téléphone du salon, j'aurais dû y penser. Je te contacte de son bureau, en espérant qu'elle ne fait pas surveiller sa propre ligne. Enfin, prenons le risque. Appelle-moi samedi à ce numéro... 604-875-2783, entre 10 et 11 heures. Je serai seule. Helena assistera à un quelconque évènement sportif dans lequel jouera son équipe privée ; le match est arrangé, elle y a parié une somme énorme... Tu vois le genre !

Le vieil homme avait tourné le problème en tous sens, exploré toutes les possibilités imaginables, sans parvenir à une solution satisfaisante. Que faire à présent ? Car un fait demeurait, incontournable : il ne renoncerait jamais à Gaïa. De son côté, la jeune fille se débattait pour ne pas perdre la raison au sein de cette famille effrayante, composée de mafieux et de tueurs à gage, qui n'attendaient probablement que le moment propice pour débarrasser leur patronne de cette encombrante tutelle.

Étonnamment, depuis sa rencontre mouvementée avec les hommes d'Helena, Nanuktalva n'avait pas encore trouvé de raison valable d'étudier les papiers saisis chez Ryan. En vérité, pudique, il éprouvait une certaine réticence à le faire. Ouvrir la mallette équivalait à pénétrer dans l'intimité de ses amis, ce qui, à son avis, péchait par indiscrétion. Après réflexion, il s'acquitta le soir même de cette tâche. Il vida la sacoche, étala les documents sur la petite table du salon. Soudain, il le vit. Nanuktalva poussa un grognement de plaisir. Il y avait bien un testament olographe, écrit de la main de Ryan. Nanuktalva l'ouvrit. Il avait été signé, mais sans témoins, hélas, ce qui rendrait sa validité plus difficile à établir. Il faudrait pourtant s'en contenter. Ce qu'il y lut le stupéfia. Quelque temps avant sa mort, Ryan avait fait don à Nanuktalva, légalement, de la terre où il résidait. Mais ce n'était pas là le plus surprenant.

Son père, Anselme, lui avait légué une mine d'argent infiniment productive, découverte dix ans plus tôt. Si tous les biens de Ryan figuraient en bonne et due forme dans le testament notarié maintenant entre les mains d'Helena, la concession minière n'y était pas mentionnée. C'est le notaire d'Anselme, à Dawson City, qui avait découvert par hasard le titre de propriété dans les papiers de son client. Il l'avait envoyé à Ryan peu avant son assassinat. C'est ce qui incita le père de Gaïa à rédiger un second testament.

Nanuktalva trouva aussi une lettre adressée à Gaïa. Il n'osa pas la décacheter, la posa sur la table basse du salon et se coucha. Il ne put trouver le sommeil. Vers le milieu de la nuit, il se leva, se fit un café et prit la lettre. Il demanda mentalement pardon à son amie et l'ouvrit.

Ma chère enfant,

Si tu as cette lettre entre les mains, c'est que je ne suis plus de ce monde. Mort naturelle... ou non. Ce que je vais dire risque de te surprendre, mais c'est la stricte vérité.

Tu as une tante, Helena Grangorini, ma sœur. Je ne t'en ai jamais parlé, car elle est le mal incarné. Elle n'est pas quelqu'un de fréquentable. Helena était une enfant difficile, c'est le moins que l'on puisse dire. J'ai conservé d'elle le souvenir d'une scène abominable au cours de laquelle, sous l'emprise d'une véritable crise de démence, alors que notre père venait de lui interdire de sortir un soir, elle proféra une menace qui m'a poursuivi toutes ces années. « Maudite famille. Un jour je vous tuerai tous ! » avait-elle hurlé, hystérique. Helena avait 12 ans.

Pour des raisons nébuleuses remontant à notre petite enfance, elle me détestait. Orpheline, elle avait été adoptée à l'âge de quatre ans par mon père. Elle venait d'apprendre cette honte (à ses yeux), en fouillant dans ses papiers. À 13 ans, elle fit une fugue avec un homme marié qui sortait de prison. Toute son adolescence, elle se montra rebelle, agressive, à tel point que ton grand-père Anselme l'avait tout simplement déshéritée sans le lui cacher d'ailleurs. Elle a toujours haï l'homme qui lui avait pourtant tout donné, tendresse, confort, éducation. Apparemment, elle ne lui pardonna jamais de lui avoir caché son origine. Du même élan, elle rejeta les autres membres de notre famille.

J'ai toujours craint qu'elle ne commette un geste démesuré contre nous trois. Je connaissais suffisamment son caractère tourmenté pour ressentir une certaine appréhension. Son mariage avec un « capo di tutti capi », grand patron de la mafia canadienne, ne fit que renforcer mes inquiétudes.

J'ignorais tout de son adoption jusqu'à ce que je reçoive l'acte de propriété de la mine, au mois d'août, cette année, accompagné d'une lettre dans laquelle Anselme m'expliquait la naissance obscure de ma sœur. Lorsque papa mourut, il me légua tout son bien, ainsi qu'il l'avait laissé entendre de son vivant. Son avoir se composait d'un restaurant français et d'un hôtel, à Dawson City, ainsi que de trois magasins de souvenirs à White Horse. Mais surtout, il possédait une mine d'argent, apparemment très productive, que je n'ai pas mentionnée sur le testament que détient maître Beauregard, mon notaire habituel. Je ne lui fais pas entièrement confiance. Ta tante a le bras long. Elle a des oreilles dans tous les coins. J'ai d'ailleurs l'intention de faire un autre testament sans en informer ce notaire. S'il marche avec elle, il le lui dira aussitôt.

C'est tout ma chère enfant. Prends garde à cette femme méchante. Elle fera tout pour te nuire.

Ta mère et moi t'aimons tendrement. Prends soin de toi. Notre ami Nanuktalva est là, confie-toi à lui, comme tu le ferais avec nous.

Ryan et Maikan-Waapaw, tes parents.

Helena ignorait-elle l'existence de cette fortune amassée dans le Yukon par son père adoptif ? Jusqu'où irait sa haine ?

CHAPITRE 12

Branle-bas à Vancouver

Ryan avait eu raison de se méfier. Helena connaissait l'existence de la mine. En effet, elle surveillait depuis toujours la fortune qu'avait bâtie son père adoptif à Dawson City, ville de la fameuse ruée vers l'or. Pour plus de commodité, elle avait placé son neveu dans le restaurant du vieux Beaubien. Employé comme cuisinier, ce parent lui faisait parvenir toute information intéressante sur Anselme.

Si elle avait réussi l'attentat contre les trois Beaubien, Helena aurait hérité de tout. Mais Gaïa avait survécu. Sa tante n'en éprouva qu'un agacement passager. Sa grande imagination atténuait tous les inconvénients survenant dans sa vie mouvementée. Il était trop tard, à présent, pour faire disparaître sa nièce, du moins dans l'immédiat. La tutelle temporaire de ses biens suffirait pour l'instant. Il serait toujours temps, plus tard, de lui faire avoir un accident quelconque.

Voilà pourquoi, quand Helena avait appris, en surveillant la ligne téléphonique de Gaïa, que Nanuktalva comptait récupérer d'importants documents au pavillon de Ryan, dont peut-être un

second testament, elle avait envoyé des hommes du
« syndicat du crime » (demeurant dans la région)
fouiller la maison avant lui. La finaude était persuadée qu'il s'agissait de l'acte de propriété de la
mine d'argent. Mais rien ne s'était passé comme
elle l'avait souhaité.

* *

*

Le samedi vers 10 h 20, Nanuktalva rappela Gaïa.
Dès qu'elle eut reconnu sa voix, la jeune fille
s'énerva.

— Cette fois, notre infortune s'intensifie…
Helena vient d'obtenir contre toi un avis d'expul-
sion de ta propriété. Tu as des connaissances à Oak
Lake, chez les Canupawaka, réfugie-toi chez eux !

— Concernant ma cabane, je te rassure. Elle
m'appartient en toute légalité, je l'ai maintenant
par écrit. Un cadeau de ton père, Dieu ait son âme.
Helena ne peut rien contre moi.

Nanuktalva lui conta alors tout ce que conte-
naient les documents trouvés à la villa. Le testament olographe, l'acte de propriété de sa cabane,
la mine d'argent. En conclusion, il lui lut la lettre
de Ryan. Gaïa pleura silencieusement tout au long
de ce texte qui représentait l'ultime lien l'unissant
à ses parents.

— Tu crois vraiment que c'est elle qui a commandé l'attaque à Ottawa ? commença la jeune
fille en refoulant ses larmes.

— Cette possibilité existe, Gaïa. Ta tante
appartient à une organisation de malfaiteurs
impitoyables qui ne reculeront devant rien pour
parvenir à leurs fins.

– Mais… pour hériter… elle devra me tuer… et…

– Moi aussi, j'en ai l'impression. Je suis un gros obstacle pour elle, le témoin gênant. C'est pour ça que je dois te ramener ici au plus vite ! Nous irons nous cacher ensemble.

C'était bien l'unique solution. Enlever Gaïa !

– Je t'attends ! Il me devient impossible de te recontacter de la maison, car figure-toi que cette folle a fait installer un mot de passe sur sa ligne téléphonique, indispensable pour débloquer le clavier. On n'a plus accès à l'extérieur sans cela.

– Une malade. Namatok ! C'est bien ma chérie. Ilanitour.

– Tu as raison. « On se reverra un jour », je sais. Au fait… on a déménagé dans une de ses résidences secondaires. La maison se trouve dans le quartier huppé de Yaletown, rue Davie, face au parc Emery-Barnes.

– C'est noté. J'irai bientôt te chercher !

*   *

*

Mais les jours passaient sans que le vieil homme puisse trouver une solution qui les réunirait. En vérité, il hésitait. Quoi qu'il fasse, que Gaïa et lui aient tort ou raison, la police se lancerait à leur poursuite. Ils deviendraient des fugitifs. Ce n'était pas un avenir pour une jeune fille intelligente comme sa petite Gaïa, promise à un bel avenir.

La même semaine, étonnamment, Nanuktalva eut des nouvelles de son amie, par l'entremise d'Helena elle-même. Celle-ci utilisait un téléphone cellulaire au numéro confidentiel. L'appareil du vieux n'afficha pas la provenance de l'appel. Il fut consterné d'apprendre que Gaïa faisait la grève de la faim. Elle n'avait rien avalé depuis trois jours. Ce jeûne volontaire, ainsi que sa rébellion constante, l'avaient menée à un état apathique inquiétant. La tante qui téléphonait du chevet de la jeune fille, supplia le vieux, « pour le bien de sa chère nièce », de mettre un terme à ses enfantillages. Puis, elle passa le récepteur à Gaïa. Mais, avant qu'elle n'ait pu dire un mot, le vieux lui annonça qu'il se préparait à l'enlever.

— Patience, ma chérie, je ne tarderai plus. Mange, repose-toi. Il te faudra de l'énergie pour qu'aboutisse notre projet.

*　*

*

S'étant aperçue que Gaïa s'installait dans son bureau pour communiquer avec l'Inuit, la tante décida qu'elle enfermerait dorénavant la jeune fille dans un appartement dépourvu de téléphone. Cette fois, Gaïa était bel et bien prisonnière ! Heureusement, elle comptait une amie dans la place, en la personne de la domestique qui pourvoyait à ses besoins. Cette vieille femme, prise d'amitié pour la captive, lui prêtait volontiers son téléphone cellulaire. Ainsi, une semaine après s'être rétablie de son jeûne, la jeune fille se manifesta.

— Nanuk... as-tu trouvé une solution ? Fais vite, je n'en peux plus. À présent, cette folle me boucle jour et nuit dans ma chambre, tant que je n'aurai pas signé ces maudits papiers.

— La police ne...

— Non, je t'ai dit ce qu'elle te ferait si je me rebellais.

Nanuk gronda. Il n'y avait plus à hésiter. Helena était rouée, dangereuse.

— Je pars ce soir pour Vancouver. Assez tergiversé. J'y serai demain. Donne-moi ensuite deux jours pour préparer ton enlèvement. Ta tante s'absente toujours les fins de semaine ? Parfait. Samedi, nous serons réunis !

— Nanuk, s'affola Gaïa, il y a toujours deux ou trois gardes sur place. Deux autres vivent dans un pavillon attenant au bâtiment principal, avec le personnel de maison. D'eux, tu n'as rien à craindre. Mal payés, ils détestent la vieille et ses fiers-à-bras. Il y aura un homme de main dans le salon, à droite de l'entrée, un autre près de la fenêtre, c'est là qu'ils se postent toutes les nuits. J'ignore où se tiendra le troisième. Vers deux heures, ils seront moins vigilants. La relève s'effectue à trois heures du matin. Tu reconnaîtras sans peine ceux qui me font des réflexions désobligeantes. Nous échangeons parfois des mots assez vifs, termina-t-elle, avec un rire léger. Mais… Dieu, c'est de la folie. Tu n'y arriveras jamais… tu n'es plus tout jeune.

— Ne t'inquiète pas. Tu as vu Sylvester Stallone se battre, sauter, tomber dans ses films ? À 69 ans, il fait presque toutes ses cascades. Regarde Hulk Hogan, un colosse de deux mètres, sans une once de graisse. Il y a aussi Chuck Norris, ceinture noire 8e dan de taekwondo, qui enseigne toujours le combat corps à corps et fait des films d'action à 75 ans. Quand on a lutté à bras-le-corps avec l'ours, on peut écraser des rats pestiférés.

– D'accord, Nanuk, arrête ça, j'ai saisi le message. Quand j'étais petite, tu me saoulais déjà avec tes explications interminables…

Nanuk n'avait pas tort. À son niveau de connaissance des arts martiaux, après 50 ans de pratique des divers sports de combats, il était quasiment invulnérable. Les grands maîtres, 8ᵉ, 9ᵉ, ou 10ᵉ dan, ont d'ailleurs toujours entre 65 et 70 ans. Ils peuvent casser un membre d'une simple pression de la main sur une articulation ou encore tuer avec deux doigts le plus facilement du monde.

Mais eux sont en parfaite santé ! négligeait de se rappeler Nanuktalva.

– Gaïa, mon petit ange, comme le disait souvent mon père lorsqu'une situation devenait délicate… *Manianar ! Nina aodlaktok*. Sapristi, la terre a bougé !

Gaïa compléta l'expression favorite de son ami.

– Alors ta mère répliquait, *Pitkroya* ! C'est son habitude. *Sikoayornarktok, Kranok*. La terre est trop puissante, on n'y peut rien.

Il rit à son tour.

– À bientôt, ma chérie.

– J'y pense… Je ne pourrai pas couper l'alarme, le garde se tient juste en face. Il se réveillera au moindre bruit. La boîte de contrôle se trouve à l'entrée. Une chance pour nous, il existe un boîtier à l'extérieur, dissimulé derrière un masque de guerre iroquois, pour neutraliser le système avant d'entrer.

– Je connais. Ce modèle date de la préhistoire. Stupide de leur part d'avoir gardé cette antiquité.

– La maison est vieille. Le numéro est 19785. Tu l'as ? Je surveille les allées et venues depuis des semaines. Eh ! J'entends la porte d'entrée... Je t'aime Nanuk, souffla-t-elle.

Gaïa rendit le téléphone à l'employée dévouée, dont la loyauté lui était acquise.

– Un jour prochain, Éliane, je vous revaudrai ces gentillesses au centuple.

*   *

*

Nanuk s'était vanté de sa magnifique forme physique. En réalité, il se trouvait bien loin du niveau quasi surnaturel où évoluaient les grands maîtres. Le rhumatisme rongeait ses forces vives. Le jour même de l'appel de Gaïa, il fut pris d'une soudaine faiblesse qui lui couvrit le front d'une sueur glacée et fit battre son cœur à une folle vitesse.

Pour remédier à ce handicap, il eut recours à de l'aide extérieure. Il alla trouver deux jeunes hommes de son voisinage, un Innu, Amipushu, « Étendue d'eau douce », et un Kristineau, Mikisow, « Aigle Royal », auxquels il avait enseigné le kung-fu et l'aïkido. Nanuktalva leur expliqua la situation dramatique dans laquelle se trouvait la jeune fille, qu'ils connaissaient d'ailleurs très bien. Il n'eut même pas à demander leur aide. Ils se proposèrent avec des éclats de rire. Bûcherons, vivant en pleine nature, les deux colosses experts en arts martiaux ne demandaient qu'à se mesurer à la bande de vauriens qui détenaient leur jeune amie.

Le jour même, Nanuktalva réserva trois billets d'avion pour Vancouver. Ils partirent le surlendemain. Arrivés dans la capitale de la Colombie-Britannique, les trois hommes prirent un taxi et se firent conduire chez un concessionnaire de voitures d'occasion. Nanuktalva acheta une camionnette pareille à celle qu'il possédait à Timmins. Dans un vaste terrain de stationnement, à l'abri des regards, il y posa ses plaques de l'Ontario. S'il était repéré, les hommes d'Helena croiraient peut-être qu'il s'était rendu jusque chez elle en voiture et s'en retournerait de la même façon. Ceci fait, ils louèrent des chambres dans un quartier populeux, prirent une douche, mangèrent dans un libre-service. Nanuktalva se rendit seul dans le quartier où résidait la mafieuse, afin d'étudier les possibilités d'action qui s'offriraient à lui. Après une heure d'observation, depuis un banc du parc qui faisait face au pavillon, il retourna à son hôtel, passablement découragé. La villa ressemblait à une forteresse. Pas moins de six gardiens, accompagnés de bergers allemands, circulaient sans interruption dans le jardin entourant la propriété.

Néanmoins, Nanuktalva n'avait pas le droit d'hésiter. Rechercher la solution parfaite le rendait nerveux. Ils risquaient de commettre quelque erreur irréparable. Ils devaient foncer, sans trop s'occuper des détails. Au départ de Timmins, ils s'étaient munis de leurs permis de chasse et de possession d'armes. Ainsi équipés, avant toute chose, les trois hommes se rendirent dans un centre de tir. Ils parvinrent sans trop de problème à se procurer des fusils usagés, mais en assez bon état. Nanuktalva aurait voulu transformer les cartouches en « salières », ainsi qu'il nommait sa petite invention. Ses compagnons furent en total désaccord.

— D'abord, pourquoi le sel ? questionna Mikisow.

— Ça ne tue pas.

Le vieux négligea de spécifier que priver un homme de la vue, comme il l'avait fait, était absolument impardonnable.

– Nanuktalva, nous allons risquer notre vie. Ces gens sont des tueurs et n'hésiteront pas à nous abattre. Il faut agir comme eux. Tirer pour tuer.

Nanuktalva se rendit sans trop discuter à leur argument.

* *
*

La nuit venue, le vieux gara la camionnette dans une rue tranquille, à 200 mètres de la villa d'Helena. Ils vérifièrent leurs armes.

Nanuktalva avait repéré une porte dérobée à l'arrière des garages. Par chance, elle n'était pas gardée. Il s'attendait à voir arriver les molosses entrevus dans la matinée, qui circulaient librement entre les différents bâtiments de la propriété. En prévision d'une rencontre éventuelle, ses complices et lui s'étaient largement approvisionnés en boulettes de viande hachée, généreusement accommodées d'un tranquillisant. Mais là encore, il fut surpris de n'apercevoir ni les gardes ni les chiens. Il entendait pourtant les bêtes s'agiter dans leur chenil. La facilité avec laquelle ils étaient en train de pénétrer dans une telle résidence avait quelque chose d'inquiétant. Les deux Innus étaient persuadés qu'il s'agissait d'un traquenard. Nanuktalva lui-même avait l'impression désagréable d'être attendu. Mais ils s'étaient trop avancés pour reculer.

Ils parvinrent rapidement à débrancher l'alarme malgré le va-et-vient d'un garde devant le pavillon. Nanuktalva se glissa sans bruit dans le portique, suivi par Amipushu et Mikisow. Plus loin, le salon était plongé dans la noirceur, ce qui augmenta la méfiance des trois hommes. À nouveau, Nanuktalva s'inquiéta. Leur intrusion aisée chez une importante figure de la mafia canadienne lui paraissait on ne peut plus suspecte. Il n'eut pas le loisir d'approfondir.

On les attendait, bien entendu !

Si la surveillance extérieure semblait s'être relâchée, dans un but à présent sans équivoque, celle de l'intérieur avait été renforcée, depuis que la tante avait surpris les conversations téléphonique de Gaïa.

Même les téléphones cellulaires étaient repérables !

Le vieux et ses deux amis bondirent d'un même élan dans le salon. Contre toute attente, ils eurent l'avantage de la surprise.

Malgré eux, abattus par la fatigue, deux hommes sommeillaient de part et d'autre de la porte du salon.

D'un regard, Nanuktalva eut le temps d'apercevoir l'épais pansement au visage de l'un, couvrant apparemment une blessure récente. Un nez cassé, probablement. L'autre avait la main dans le plâtre. Nanuk esquissa un sourire. Il reconnaissait en effet le tempérament impétueux de sa jeune amie ainsi que son sens de l'humour. Elle appelait ce massacre « échanger quelques mots assez vifs avec le personnel de maison » !

– Debout, les terreurs ! cria Amipushu.

Les gardes se remirent sur pieds. Nanuktalva et ses deux compagnons ne leur laissèrent aucune chance. Ils tirèrent en même temps. Leurs adversaires s'abattirent avec des hurlements.

Nanuk s'apprêtait à chercher Gaïa, proba-blement enfermée dans sa chambre ainsi qu'elle disait l'être depuis quelque temps, lorsque quatre hommes arrivant de l'extérieur surgirent dans le salon dévasté. Gaïa s'était trompée sur le nombre d'adversaires qu'ils devraient affronter. Nanuktalva eut une moue fataliste. Leurs fusils déchargés, ils devraient donc se battre à poings nus. C'est alors que Nanuktalva et ses compagnons constatèrent que leurs adversaires n'étaient pas armés. Pour-quoi une telle inconscience ? Le vieux attendit les tueurs de pied ferme. Il ne tarda pas à comprendre en les voyant prendre, avec ensemble, la position caractéristique des combattants adeptes du *close-combat*. Bien entraînés, certains de vaincre, les fiers-à-bras avaient dédaigné les armes à feu.

Nanuktalva toucha le plus proche d'un magis-tral coup de poing retourné, qui atteignit l'homme à la base du nez. L'Inuit n'eut pas besoin du bruit des cartilages pour savoir que l'homme était mort, les os lui ayant pénétré dans le cerveau. Diable, ça n'était pas avec cela qu'il se mériterait l'indulgence du reste de la bande ! Pendant ce temps, Mikisow, qui faisait face à un maître, venait de s'écrouler sous la violence d'un coup de pied à la poitrine. Le combat d'Amipushu, contre un petit homme de type asiatique, semblait plus égal.

Les deux derniers adversaires pivotèrent, pour s'élancer simultanément sur Nanuktalva, l'un devant lui et l'autre dans son dos. Nanuktalva comprit qu'il était en mauvaise posture. En effet, alors qu'un coup de pied en pointe l'atteignait au genou, lui paralysant la jambe, il ressentit la mor-sure acérée d'une lame qui s'enfonçait dans son épaule. Ses jambes fléchirent. Il mit un genou au sol. Allait-il périr sans avoir pu sauver Gaïa ?

C'est alors qu'il perçut un fracas énorme en provenance du premier étage, celui d'une porte violemment rabattue contre le mur. Gaïa, pieds nus, échevelée, les yeux hors de la tête, fit irruption dans le salon. De surprise, les adversaires de Nanuktalva marquèrent une légère hésitation. La jeune fille en profita.

Elle effectua un saut de côté. Son corps souple s'éleva à un mètre du sol, sa jambe droite tendue à l'horizontale. La tranche de son pied, durcie sur les arbres pendant son entraînement avec Nanuktalva, cueillit un garde en pleine gorge, lui écrasant les os du larynx. L'homme, un colosse, sembla vouloir résister un instant à la terrible pression qui le privait de son air vital. Il s'affaissa lentement, mort avant même de toucher le sol. Débarrassé d'un ennemi, Nanuktalva vint rapidement à bout de celui qui demeurait en action devant lui. Mikisow qui s'était relevé, prêtait main-forte à Amipushu. D'un atémi à la base du cou, celui-ci termina le combat contre l'Asiatique. C'était terminé !

Les deux Innus, sur les recommandations de Nanuktalva, allèrent fouiller le bureau d'Helena afin de récupérer le testament appartenant à Gaïa ainsi que toute la paperasserie sur laquelle apparaîtrait le nom de la jeune fille.

Gaïa et Nanuktalva se firent face. D'un même mouvement, ils tombèrent dans les bras l'un de l'autre.

– Beau coup de pied, ma belle...

La jeune fille vit le sang qui s'écoulait de l'épaule de son vieil ami. Elle devint livide.

– Mon Dieu, Nanuk, tu... tu es blessé !

— Je pense que ce n'est pas grave.

Gaïa alla chercher un rouleau d'essuie-tout dans la cuisine.

— Colle ça sur ton épaule, je m'occuperai de toi plus tard.

Le vieil homme allait passer la porte de la salle de séjour lorsque Gaïa le retint par un bras.

— Nanuk... il y a autre chose. Hier soir, de ma chambre, j'ai vu trois jeunes filles qui traversaient le jardin, les mains attachées. Elles pleuraient, terrorisées. Comme un jour j'avais entendu les gardes parler d'un cabaret où de jeunes Asiatiques se produisaient nues, en plus de se livrer à d'autres heu... activités, évidemment sous la contrainte, je...

— Dans un tel milieu, ça ne peut être qu'un trafic de personnes. La traite des blanches ! Un ignoble commerce.

— Elles sont enfermées au sous-sol. On doit appeler la police ! ragea Gaïa, en décrochant le téléphone mural à l'entrée du salon.

— Laisse-moi réfléchir. Tu as raison, bien entendu, mais on n'a pas besoin d'ennuis supplémentaires. Donne l'adresse, pas ton nom et explique-leur, mais sans détails, qu'il y a des morts, aussi des filles tenues en esclavage... Ils seront là dans dix minutes.

— On n'attend pas ?

— Ils nous embarqueraient aussi. Comme je te l'ai dit, Helena est sûrement au courant de nos petites extravagances d'aujourd'hui. Elle ne fera pas l'erreur de venir. Par contre, ses hommes de main risquent d'effectuer une reconnaissance.

— Comment pourrait-elle encore nous nuire ? Nous venons probablement de démolir sa maudite organisation, pas vrai ? Ses patrons n'apprécieront pas qu'elle se soit placée aussi bêtement sous les projecteurs de la police.

— Certes, mais il lui reste un motif redoutable : la vengeance, il ne faut pas en sous-estimer l'importance. Même si elle ne dirige que la pègre locale, l'organisation américaine est puissante. La mafia a des ramifications dans le monde entier.

— D'accord avec toi, Nanuk, mais j'ai entendu dire que cette organisation ne pardonne pas l'erreur d'un subordonné. Le moindre échec signifie l'élimination physique de l'incapable. Ils peuvent nous en débarrasser !

— Possible, mais n'y compte pas trop. Passe ton appel et sauvons-nous.

Les deux jeunes Innus venaient de revenir au salon. Amipushu arborait un air réjoui. Il brandissait plusieurs documents. Mikisow le suivait, une pile de papiers dans les bras.

— Je voulais rien manquer, alors j'ai tout raflé. Mais on a le testament, certain ! fit celui-ci avec un clin d'œil à Nanuktalva.

— Que fait-on des blessés ? demanda Gaïa.

— On pourrait les achever ? proposa Mikisow.

Gaïa ouvrit des yeux horrifiés.

— Il plaisante, la rassura Amipushu.

— Les survivants sont peu nombreux et plutôt mal en point, fit Mikisow. Ils ne tenteront rien contre nous. Téléphonez aux policiers, Gaïa, après on file.

Ainsi firent-ils.

Ils se rendirent pour commencer dans une pharmacie où Gaïa acheta le nécessaire pour soigner la blessure de Nanuktalva. Une plaie heureusement superficielle. Pendant que Mikisow prenait le volant, elle désinfecta la blessure puis la couvrit d'un pansement.

– Nanuk, je pense encore à ces malheureuses... Enfin, comment peut-on se faire prendre dans ce genre de monstrueuse activité ?

– C'est toujours pareil. Les victimes sont trompées par ceux qui les recrutent. Ils leur font miroiter de l'argent, une vie facile, une sorte d'aventure dans laquelle elles seront seules à décider, et non leurs parents. « Devenez actrices, mannequins, danseuses, et vous aurez le monde à vos pieds ! Voyagez, vivez l'aventure de votre vie », leur promettent-ils. Autant de mensonges. C'est ainsi qu'ils opèrent. En réalité, si elles voyagent, c'est pour se retrouver sur un trottoir, droguées de force, ou embarquées dans un réseau de traite des blanches au bout du monde. L'argent qu'elles gagnent ne va jamais dans leur poche comme promis, mais dans celle du souteneur. La fille est nourrie, rien d'autre. Puis, quand le « propriétaire » trouve qu'elle ne gagne plus assez, il la vend dans un bordel en Afrique du sud, au Maroc ou dans les Émirats arabes.

– Mon Dieu, quelle horreur ! Mais pourtant... elles l'ont un peu cherché, non ? Je dirais que ces filles sont faibles, sans la moindre volonté.

– Gaïa ! s'écria le vieux, outré. C'est insensé ! Comment oses-tu dire de pareilles choses ?

– Bon... d'accord, j'exagère, mais à moi, ce genre de monstruosité n'arriverait jamais. Je suis quand même plus forte que ces pauvres créatures.

– Ne dis pas ça. Ces ignobles vendeurs de femmes sont malins. La fille est séduite doucement, avec des fleurs, le restaurant, des cadeaux coûteux. Elle se retrouve bientôt fiancée. C'est le grand amour. Le salopard peut même organiser un mariage… faux, bien entendu. Tout va parfaitement, jusqu'au jour où il annonce à sa « femme » qu'il doit une grosse somme à un gars de la pègre qui menace de le tuer s'il ne rembourse pas sa dette.

— J'ai compris, fit Gaïa d'un ton las. Il demande à la pauvrette de l'aider. Juste trois ou quatre « clients ». Elle se retrouve alors dans l'engrenage…

— On ne doit pas non plus oublier que des garçons sont victimes des mêmes abus. Ils sont battus, drogués, vendus et, enfin, tués s'ils refusent de se soumettre. Que crois-tu que deviennent tous ces jeunes qu'on ne retrouve jamais ?

— Mon Dieu… mon Dieu !

*   *

*

Ils suivirent l'autoroute jusqu'aux limites de la ville, vers l'est. Le vieux fit arrêter la camionnette à une aire de service. Derrière un bouquet d'arbres, il retira ses plaques ontariennes, remit celles de Colombie-Britannique. Plus loin, il vendit le véhicule 200 dollars, dans le premier garage rencontré. Une offre que le commerçant ne put refuser. Ils prirent ensuite un taxi pour retraverser la ville.

La jeune fille laissa échapper un rire content.

— On prend l'avion, pas vrai ? La tantine devrait théoriquement nous rechercher sur l'autoroute ! Tu penses à tout.

— Pas moi. Cette excellente idée vient de mes amis, Amipushu et Mikisow.

À mi-chemin, ils changèrent de taxi pour tromper d'éventuels poursuivants et gagnèrent l'aéroport de Vancouver. Avant de s'installer dans l'avion, Gaïa embrassa les trois hommes.

— Vous avez risqué votre vie pour moi, mes chers amis, prononça-t-elle d'une voix mal assurée.

Nanuktalva sourit.

— Tu as fait ta part, ma chérie. Sans ton aide dans cette bagarre, je ne sais pas si nous…

— Tu plaisantes encore ! Vous auriez pu tous les étendre, les mains dans les poches.

Les quatre passagers éclatèrent de rire.

CHAPITRE 13

La grande expédition

Avec un bonheur incommensurable, Nanuktalva et Gaïa retrouvèrent le paysage familier de leur forêt, à l'est de Timmins. Les deux Innus rentrèrent chez eux, après avoir remercié chaleureusement Nanuktalva de leur avoir donné cette occasion formidable de s'amuser un peu. Incroyablement, ils lui étaient reconnaissants d'avoir pu risquer leur vie ! Ainsi étaient les gens des Premières Nations nordiques, des hommes sur qui l'on pouvait compter.

La jeune fille appela en vain Qanik, son loup. Le malheureux animal avait dû mourir de sa blessure. Satané policier !

— Nanuk, on prend quelques jours de repos ici ? proposa Gaïa.

— *Ayornarman ! Akragolok, aodlamia Lertugut.*

— Je n'ai pas compris un traître mot. Tu as parlé trop vite, se plaignit Gaïa, d'un air faussement boudeur.

— Pardonne-moi. Je disais : rien à faire, demain on part.

— Demain ?

– Disons… bientôt, alors.

– D'accord avec tout ce que tu décideras. Mais voyons si tu es toujours aussi… surprenant. Saurais-tu m'étonner avec un de tes mots interminables, comme lorsque j'étais petite ?

– Je vais essayer.

Nanuktalva sourit, chercha un instant ce qui pourrait plaire à sa jeune amie. Puis, il se lança, ainsi qu'il le faisait durant la petite enfance de Gaïa, après avoir pris une longue inspiration.

– *Utimut, kingu, tunuani, kangiani, aquatarquit, kingornuvoq, anarquit.* Voilà.

– Pas mal. Que veulent dire tous ces mots ?

– Tous la même chose : arrière, ou derrière, arrière de quelqu'un ou de quelque chose, suivant l'endroit, la raison, le temps…

– D'accord. Je me suis encore laissé attraper.

– Satisfaite ? Alors, promenons nos presque loups. Profitons bien d'eux, car nous allons devoir les abandon…

– Rien à faire ! se récria la jeune fille. On les emmène.

Le vieux vit, dans les yeux de sa jeune amie, une si indomptable détermination, qu'il hocha la tête avec un sourire.

– Je suis heureux que tu en aies décidé ainsi. Je n'osais prendre cette décision. Mais tu dois savoir qu'en chemin, ils vont nous donner un gros travail supplémentaire. Enfin…

*   *
*

Les deux amis organisèrent leur expédition sans perdre de temps. À l'origine, Nanuktalva avait eu l'intention de rejoindre une réserve innue, plus au nord. Mais elle serait sûrement évacuée à la fin de l'hiver, à cause des risques d'inondations dues à la fonte des neiges printanières. Pour plus de précaution, il changea ses plans, se décidant pour la forêt nationale de l'Aigle noir, à l'est, où deux familles cree ainsi qu'un petit groupe d'Inuits avaient dressé leur campement.

Au cours de la même semaine, aidé par la jeune fille, le vieux termina le montage du chariot. Il enduisit de gras la bâche tendue sur les arceaux de la caisse, afin de la rendre étanche. Tous deux firent ensuite d'amples provisions, surtout composées d'aliments secs. Gaïa retira 5 000 dollars de son compte bancaire et fit l'achat d'un robuste cheval de ferme. La jument, ainsi que l'étalon, trop vieux pour être attelés sur une longue distance, furent donnés à leur voisin, Amipushu, à la condition expresse qu'ils ne termineraient pas leur vie à l'abattoir.

Les presque loups faisaient partie du voyage, ainsi qu'en avait décidé Gaïa.

Tout fut bientôt réglé jusque dans les moindres détails. Les deux voyageurs prirent la route alors que l'air vibrant faisait virevolter d'énormes flocons sur la plaine. Nanuktalva était heureux. Ils partaient ! Ce ne serait certes pas la traversée des Territoires du Nord-Ouest, ni celle du Labrador, ainsi qu'il l'avait imaginé dans ses rêves de fin de vie, mais voyager avec sa petite-fille était tout de même une belle aventure, qu'importait si le but unique de cette équipée était d'échapper à une bande d'assassins. Pour le moment, il avait une responsabilité immense, qui lui demanderait de mettre à l'épreuve ses dernières forces, aussi bien mentales que physiques. L'adolescente comptait sur lui. C'était le plus noble but qu'à son âge, il aurait pu trouver.

Les deux amis cheminaient depuis trois jours, à travers vallées et montagnes, lorsque...

– Nanuk... derrière nous... deux chasseurs... Ils ont l'air de nous suivre depuis ce matin. Ils marchent à la vitesse de notre chariot.

Le vieux arrêta le cheval, le déharnacha d'entre les brancards du chariot, le conduisit vers un ruisseau qui serpentait sur un flanc de colline. L'eau était glaciale, mais l'animal but à petits coups. La forêt, profonde, les entourait de ses liens rassurants.

– Ce ne sont pas des chasseurs, ma chérie. De plus, ils sont quatre. Il y en a deux autres qui se baladent sur notre gauche. Ces braves gens nous accompagnent depuis notre départ de la cabane.

– Helena nous a donc retrouvés, sitôt qu'on y a remis les pieds !

– Cette Helena !... Elle ne nous a sûrement jamais perdus de vue. Ses mafieux guettaient notre retour de Vancouver. Son réseau de renseignement doit couvrir tout le nord, si ce n'est plus. Nous devons prendre les choses en main.

Gaïa eut un tremblement involontaire de tout le corps.

– Que... que veux-tu insinuer ? On ne va pas...

– Si, ma fille. Fuir ne servirait à rien. On doit les attendre, les affronter et qu'on n'en parle plus. Sinon, ils finiront par nous avoir. Le campement de mes amis n'est plus un refuge possible. Tu vois cet éboulis de rochers sur le chemin ? Laissons dix minutes au cheval pour se désaltérer puis, je le remettrai aux brancards. Je ferai mine de monter dans le *conestoga* afin de me reposer. Tu vas poursuivre droit devant toi, avec le chariot. Je descendrai au virage, hors de leur vue. J'y attendrai ces salopards. L'effet de surprise sera de mon côté.

– C'est trop dangereux ! s'exclama la jeune fille.

– As-tu une meilleure solution ? Tu vois, y'a rien d'autre à faire, crois-moi. Arrive un temps, dans l'existence, où il te faut affronter les démons dressés sur ta route. Voici les nôtres !

De fort mauvaise grâce, Gaïa se rangea à son avis.

– Nous séparer ne me dit rien qui vaille. Je n'aime pas ça, mais je n'ai pas d'autre solution.

Ils firent ainsi que l'avait décidé Nanuktalva. Pendant que Gaïa s'éloignait sur le chemin, soulevant un nuage de neige poudreuse qui masqua bientôt le chariot aux yeux du vieil homme, il se faufila entre les rochers, prit une position de tir surplombant légèrement la piste. Cinq minutes plus tard, leurs deux poursuivants passaient le virage. Nanuk épaula sa carabine 30/30, appuya sur la détente, manœuvra le levier d'armement et tira encore, avec une rapidité stupéfiante, qui démontrait son expertise dans le maniement de cette sorte d'arme.

Sur le chemin, les deux hommes firent halte avec des exclamations de surprise, mais aussi de frayeur. Les projectiles s'étaient fichés à moins d'un mètre de leurs pieds.

– Vous êtes morts, cria Nanuktalva, sans dévoiler sa position. Jetez vos armes… Dites aussi aux deux guignols, sur ma gauche, que j'aurais pu les abattre dix fois depuis qu'ils nous surveillent.

Avec un juron, l'homme qui marchait en tête jeta son fusil.

– OK, suffit pour moi. À Vancouver, tu as tué mes deux cousins, pourtant 4ᵉ et 5ᵉ degrés de kung-fu. Mon meilleur copain est aveugle. Pis, je vois qu'au fusil, t'as pas l'air manchot non plus. Ouais, pour un satané vieux type...

– Fichez le camp ! Allez dire à votre patronne qu'on ne demande qu'à vivre en paix, la petite et moi.

– OK... on lui passera l'message.

Puis, mettant les mains en porte-voix, il rameuta ses deux camarades qui marchaient parallèlement à la route.

– Rappliquez les gars, on rentre.

Nanuktalva, qui n'avait toujours pas révélé sa position d'affût, vit les hommes traverser le sentier à dix pas de sa cachette.

– Pan ! Pan ! Vous êtes morts, vous aussi ! lança-t-il d'un ton moqueur, qui fit bondir les mafiosos.

Ils accélérèrent le pas, rattrapèrent leurs acolytes sur la piste. Les quatre hommes d'Helena rebroussèrent chemin sans se retourner.

Nanuktalva rejoignit Gaïa qui avançait à sa rencontre sur le chemin, une carabine à la main. En dépit des recommandations avisées de son ami, elle venait lui prêter main-forte. Les bras du vieux s'ouvrirent largement, dès qu'elle fut près de lui. La jeune fille s'y réfugia. Ils riaient, ils pleuraient. Leur avenir deviendrait-il un peu plus favorable ?

Ils arrivèrent au campement des amis autochtones de Nanuktalva, après trois semaines d'un voyage plutôt monotone. Dès le lendemain, tous les voisins s'unirent pour leur bâtir une confortable cabane en rondins, sur le bord d'un ruisselet, à l'orée d'un bois de sapins. Il n'était que temps.

L'hiver venait d'avoir un sursaut de résistance face à l'approche du printemps. Il neigeait !

La cabane comprenait deux chambres, orientées à l'est, vers le soleil levant. Il n'y avait bien entendu ni électricité ni eau courante. En montagne, l'habitant vivait au rythme de la nature.

Nanuk enserra les épaules de sa jeune amie.

— Nous ne pouvions trouver mieux que cet endroit pour vivre, Gaïa. *Aliarnakrutin*. Sois heureuse ici.

— Toi aussi, *Apaga*, petit père, souffla-t-elle en retenant ses larmes.

Ce mot le bouleversa.

*   *

*

Il neigeait violemment sur le coin de forêt où ils s'étaient réfugiés. Un froid intenable les enveloppait. La météo se répétait, jour après jour. Avec des températures approchant les moins 35, *la confortable habitation* des premiers jours n'était plus qu'une misérable cabane perdue au cœur des montagnes.

— Joli début de printemps, jura Nanuktalva.

Il enfila ses raquettes, siffla ses demi-loups et prit seul le chemin du village iroquois. Après quelques semaines de cette existence, aisément supportable pour lui mais infernale pour Gaïa, le vieux savait que leur entreprise était sans issue. Il ne savait que dire à la jeune fille, cherchant en vain des réponses qui la rassureraient. Elle était inquiète, évidemment. Le vieux se trouvait placé devant un dilemme cruel. Ses pensées tournaient en rond dans sa tête, revenant toujours aux mêmes interrogations.

Il était trop âgé pour s'occuper d'une adolescente, douloureusement incapable de lui offrir l'avenir stable qu'elle était en droit de réclamer. Quel futur dément attendait la jeune fille, dans cette cabane en plein bois, avec un vieillard en fin de vie et une bande de loups apprivoisés pour uniques compagnons ? Gaïa devait vivre sa vie, non celle de Nanuktalva. Ce n'était pas ici qu'elle deviendrait architecte, comme elle le souhaitait. Nanuktalva pleurait sans retenue, le cœur brisé. L'adolescente devait entrer à l'université, reprendre ses études, obtenir un diplôme, côtoyer des jeunes de son âge, de sa langue, reconnaissait-il, au désespoir. Elle devait sortir, danser, assister à des spectacles. Elle devait… Pourtant, si elle repartait, elle retomberait peut-être encore à la merci de cette femme impitoyable.

— Grand Esprit, aide-moi, implora le vieil Inuk en levant ses bras au ciel.

Nanuktalva était déchiré. Il savait que c'en était terminé de ses rêves. Il ne vieillirait jamais près de sa chère Gaïa. Il découvrait avec tristesse ce que l'émancipation des enfants a de cruel au cœur des parents.

*   *

*

Le printemps était enfin là, avec ses parfums de terre et de feuilles décomposées qui enivraient comme un vieux vin. Les deux amis firent une promenade en forêt. Nanuktalva savait que ce serait probablement une des dernières qui les verrait marcher paisiblement main dans la main, comme avant, durant la petite enfance de Gaïa. Plus loin, assis au bord du lac, suivant leur habitude, Nanuktalva lui dirait qu'elle devait reprendre sa route vers la civilisation, l'oublier, lui, le vieil homme perclus de rhumatismes qu'il était devenu.

Il n'en eut pas le loisir. Sur le chemin du retour, deux oursons s'extirpèrent avec fracas de l'épais buisson où ils étaient en train de se gaver de ces baies rouges et sucrées dont raffolaient tous les ursidés, quel que soit leur âge. Les petites bêtes aperçurent aussitôt les humains, sur le sentier qu'ils utilisaient eux-mêmes depuis leurs premiers pas, au sortir de la longue léthargie hivernale. Ils ne s'effarouchèrent nullement, trottinèrent plutôt avec excitation vers la jeune fille qui cheminait en tête. Ils étaient adorables. Comment ne pas s'extasier devant leur allure pataude, leurs jolies frimousses ? Gaïa, en un réflexe naturel, fit un pas dans leur direction, la main tendue dans l'évidente intention de les caresser.

Nanuktalva vit le drame qui ne pouvait que survenir dans les prochaines secondes. Le vieil homme avait peine à en croire ses yeux. Née dans ce pays aux réactions imprévisibles de la nature ou des hommes peuplant ces terres, comment Gaïa pouvait-elle négliger une des lois fondamentales qui régissaient la vie des animaux sauvages : ne jamais toucher ni surtout emporter, un animal trouvé sur un sentier, même s'il semblait perdu, à moins qu'il ne soit blessé ou dans un état de détresse sans équivoque. Même l'oisillon qui sautillait en piaillant entre les herbes était surveillé de loin par sa mère.

Alors, ce qui devait se produire...

Nanuktalva, la bouche ouverte sur un cri de mise en garde, n'eut pas le temps d'émettre un son. La détresse demeura bloquée dans sa gorge. Derrière Gaïa, à 20 mètres, une ourse gigantesque se dressa sur ses pattes arrières, magnifique, terrifiante dans sa fureur maternelle. Fugace, une scène aussi dramatique traversa l'esprit du vieil homme lorsque, 50 ans plus tôt, il avait sauvé le grand-père de cette même jeune fille, dans une situation similaire.

Comme par un fait exprès, Nanuktalva n'ayant pas l'intention de chasser, n'avait pas emporté sa carabine, puisque leur réserve de viande séchée était suffisante pour l'année à venir. Le vieux tira son coutelas avec une grimace de dégoût. Il allait devoir affronter l'animal qu'il respectait le plus, tuer peut-être une bête innocente qui ne faisait que défendre ses petits. Une onde de regret le submergea. Nanuktalva s'avança vivement.

Brusquement, l'ourse se rua sur lui. Il s'attendait à semblable réaction. La bête bondissait en grondant. À quelques pas de l'homme, qui n'avait pas bougé d'un pouce, l'ourse prit sa posture de combat, dressée sur ses pattes arrière. Elle poussa un cri qui roula dans sa poitrine sans franchir sa gorge. Par un immense effort de volonté, Nanuktalva demeura immobile. Il y avait une petite chance que l'ourse se borne à cette fausse attaque, ne cherchant qu'à intimider l'intrus. Elle le regarda fixement. Il baissa les yeux, évitant le défi qu'aurait impliqué un regard direct.

Entre-temps, ainsi qu'elle le leur avait enseigné dès leur plus jeune âge, ses petits s'étaient réfugiés dans les branches d'un sapin. La bête fit brusquement volte-face. Mettre sa progéniture à l'abri représentait pour elle une préoccupation autrement plus importante que de chasser ces importuns.

Sous le coup de la terreur intense qui l'avait paralysée sur place, Gaïa retrouva graduellement le contrôle de ses émotions, celui des muscles de son corps. Elle recula, sans quitter l'ourse des yeux, ce qui était un bon calcul, mais elle le fit trop vivement. Au petit trot, la mère venait de rejoindre l'arbre dans lequel s'agrippaient les oursons. Elle se retourna afin de s'assurer que les deux humains ne faisaient pas de gestes hostiles. Le déplacement de Gaïa, bien qu'effectué dans un calme relatif, ramena la colère à peine atténuée dans la tête du prédateur. L'ourse se retourna d'un seul élan sur ses quatre pattes, s'élança avec une vélocité impensable. Nanuktalva, d'un regard, évalua la situation, envisagea ses conséquences.

Leurs deux vies se jouaient!

Comprenant sans erreur l'action qu'il devait entreprendre, le vieux cria, agita les bras en tous sens, ce qui ne manqua pas de retenir l'attention de la bête. Sur sa lancée, elle bifurqua, le rejoignit, l'affronta cette fois sans le moindre préliminaire d'intimidation, dressée de toute sa hauteur, une merveille de dix pieds de haut! Elle lacéra Nanuktalva en travers du corps, d'un vif mouvement de la patte. Ses griffes traversèrent sans difficulté le parka épais en cuir d'orignal, entamant profondément la poitrine du vieux. Nanuktalva était grand, mais moins vigoureux, il ne possédait plus les fantastiques réflexes de ses jeunes années, qui lui permettaient de se mesurer victorieusement au corps à corps avec les hommes aussi bien qu'avec les plus redoutables animaux de son pays nordique.

Profitant d'un instant de répit, il lança une mise en garde à son amie, figée par l'effroi.

– Fuis… je la retiendrai…

Son cri surprit l'ourse. Incroyablement, elle marqua un temps d'arrêt, suspendit son attaque, laissant retomber les deux pattes le long de son corps. Elle offrait sa poitrine largement découverte au couteau de Nanuktalva. Inexplicablement, sans intervenir, le vieil homme maintint son arme de chasse à hauteur de sa taille. Gaïa, qui n'avait pas amorcé le moindre mouvement de fuite, poussa un cri désespéré.

– Frappe-la au cœur, Nanuk !…

Mais son vieil ami n'en fit rien. Il semblait hésiter. En un tel moment ? C'était impensable. À la vérité, Nanuktalva n'osait pas faire le geste salvateur.

L'attention de l'ourse fut alors brièvement attirée par les piaillements plaintifs de ses petits, qui venaient de descendre de leur perchoir, courant de droite et de gauche, désorientés, affolés par les grognements de leur mère. Voilà qu'à nouveau ils se dirigeaient vers Gaïa. L'ourse reporta cependant son attention sur le vieux, toujours prostré. On la sentait décidée à en finir. Elle saisit l'homme entre ses membres puissants, le mordit à l'épaule, au torse, plusieurs fois au visage. Retombant sur ses pattes, elle empoigna la jambe de Nanuktalva entre ses redoutables mâchoires, tira violemment, soulevant le vieux à trois pieds du sol, comme s'il se fut agi d'une poupée de chiffon. Agitant la tête, elle le fit virevolter en tous sens avant de le lâcher, l'envoyant rouler à dix pieds. Elle le rejoignit, s'acharna.

Gaïa n'avait pu se résoudre à abandonner son compagnon et ne cessa de harceler l'ourse, lui envoyant à la tête tout ce qu'elle pouvait ramasser autour d'elle : morceaux de bois, pierres… Elle risquait sa vie, sans autre résultat que celui d'énerver la bête davantage.

Nanuktalva perdait rapidement son énergie. Néanmoins, en dépit des intolérables douleurs qui lui parcouraient le corps, toujours conscient, il réagit en homme du nord, habitué aux impondérables. Il fit le mort, dernière chance de tromper la femelle en furie. L'ourse, en présence de ses petits, devrait logiquement se montrer plus encline à les mettre en sûreté qu'à poursuivre cet inutile affrontement. Hélas, elle était furieuse au-delà de toute logique animale. Nanuktalva serra les dents sur une formidable envie d'exprimer d'un hurlement l'intolérable souffrance qui lui labourait le corps.

Puis, aussi soudainement qu'elle avait attaqué, l'ourse se désintéressa de l'homme. Elle rejoignit ses petits, les poussa du museau vers les taillis, douceur de mère retrouvée. Elle les guida ainsi vers un site indubitablement plus paisible, où elle savait trouver les délicieuses baies rouges qui feraient la joie de sa petite famille, comblant leur gourmandise.

Dès que la bête eut disparu dans le bois touffu, Gaïa se précipita vers Nanuktalva. Le cœur au désespoir, elle se pencha sur lui, prit sa rude main entre les siennes. Celle du vieil Inuit lui parut fragile comme celle d'un enfant. Dans les yeux du vieil homme, une lueur douce s'alluma en apercevant Gaïa. En d'autres circonstances, elle aurait pu affirmer que Nanuktalva était heureux. En fait, il l'était. Non de mourir, car on ne saurait l'être, mais de savoir sa jeune amie saine et sauve. Elle était orpheline, certes, plus seule encore quand lui ne serait plus de ce monde, mais avec le courage et la détermination qui étaient siens, Gaïa saurait faire de sa vie une réussite exemplaire.

À la vue du visage sanglant de Nanuktalva, de sa poitrine affreusement déchirée, Gaïa eut un bref mouvement de recul. Elle n'avait aucun moyen de lui venir en aide. Pas question de l'amener jusqu'à la rivière qui coulait près de là, Nanuktalva était trop lourd. Gaïa, malgré l'urgence de l'instant, posa au blessé la question qui lui taraudait l'esprit.

– Enfin Nanuk... tu pouvais la frapper ! Elle est restée au moins cinq secondes sans bouger. Sa poitrine n'était pas protégée...

Le vieux mit un courageux sourire sur ses lèvres traversées par un sillon sanglant. Malgré ses douleurs, il posa la main sur celle de son amie, gardant le silence. Puis, ses yeux se remplirent de larmes. Gaïa apprendrait un jour la raison impérieuse qui avait retenu son couteau, épargnant cette bête magnifique qui n'avait fait que protéger ses enfants. L'ourse n'avait rien demandé aux hommes, surtout pas recherché cette confrontation. La malheureuse ne demandant qu'à vivre tranquillement dans le bois, avec ceux de son espèce. Il y avait aussi en lui le souvenir obsédant de l'ours tué durant sa jeunesse, à cause de l'imprudence d'un jeune Blanc ignorant tout de la vie en montagne. Une vie prise, une vie rendue. Le vieux était satisfait.

– Chérie... va chercher *Nagiuk tomeun*...

– L'Inuk « Qui habite le lieu parsemé de bois de caribous » ?

Il fit oui en battant des paupières.

Lorsque la jeune fille se fut éloignée, le vieux se mit à psalmodier doucement ses prières, préparant son âme à rejoindre sereinement ses ancêtres. Il savait que lorsque Gaïa reviendrait, il ne lui resterait plus assez de temps ni de forces. Il avait eu une vie heureuse, bien remplie, comblée de l'amitié de trois générations de Beaubien, surtout grâce à l'amour inconditionnel que lui avait prodigué Gaïa au cours de 17 années inoubliables.

Puis une ourse était venue.

Soudain, la complainte s'éteignit sur ses lèvres. L'impensable réalité le submergea. Ce matin, il ne faisait pas que sauver la vie de Gaïa. Lui mort, il n'y avait plus d'entrave à son essor. Gaïa serait libre. Sa mort lui permettrait de continuer sa route, vers la civilisation, la culture, une vie de famille qui ne serait qu'à elle. Pourtant, restait Helena. Le danger existait toujours.

L'avenir de Gaïa. S'il avait retenu son bras armé devant le cœur de l'ourse, bien malgré lui, c'était aussi pour cette raison, il devait l'admettre. Le vieux ouvrit démesurément les yeux sur le décor qui l'entourait. Un regard avide, reconnaissant envers l'Esprit Céleste qui lui avait permis d'exister en ces lieux sauvages. « Une montagne avec des griffes d'ours et des dentelles », disait Gaïa lorsqu'elle était enfant. Pour sa fin de vie, Nanuktalva s'offrait un paysage grandiose. Il sourit. Grandiose ? Comme si on pouvait décrire la nature avec des mots ! Elle était plus qu'un vulgaire assemblage de lettres. Nul besoin de la portraiturer en peintures ou en phrases. Les émotions vraies ne s'expriment pas en vains bavardages.

Nature ! Le mot se suffisait à lui-même.

Gaïa était maintenant penchée sur lui, en compagnie de Nagiuk tomeun, leur voisin. Ils avaient confectionné ce que les Autochtones des plaines nommaient un travois, soit deux longues perches croisées, attachées à l'encolure du cheval, les extrémités traînant sur le sol, derrière l'animal. Le vieux reposait sur une couverture cousue en travers. Nagiuk tomeun lui saisit la main.

— Je tuerai cette sale bête...

— Surtout pas, l'implora Nanuktalva. Elle n'est pas responsable. D'ailleurs, tu ne l'as pas vue. Tu serais incapable de tuer l'ourse en question.

Nagiuk tomeun prit la direction de son campement. Le blessé ressentait dans tout son corps jusqu'aux moindres accidents du chemin parcouru. Ses blessures étaient à ce point sévères qu'il ne put supporter ce martyre davantage.

— Gaïa... arrête le cheval... *Ayolerama*... je n'en peux plus. La douleur revient... c'est dur. *Anialerama*, me voilà malade. Nagiuk tomeun... *tokoksamnik... nokaslak?*

— Que dit-il, s'inquiéta Gaïa.

— Il... il me demande de l'aider à mourir... la douleur est trop intense.

— *Taimatorok... toroyomalertok... aodlatertok...*

— Il s'en va, traduisit encore l'Inuk. Il dit qu'il est fini... qu'il veut mourir dignement.

En cet instant fatidique, si cruel au cœur de Gaïa, son vieil ami semblait avoir de la difficulté à retrouver son vocabulaire français. Il utilisait tout naturellement sa langue paternelle, en un monologue dont la jeune fille ne saisissait pas toujours la subtilité.

— *Ila aodlalertution... anerneyertok... anermek...*

– Nanuk dit qu'il s'en va... qu'il est sans air, son âme est soufflée... Il a dit aussi... ne pleure pas Gaïa... retourne à tes chères études, deviens architecte, ainsi que tu le veux depuis ta petite enfance...

La jeune fille, le visage ravagé par les sanglots, prit la main de Nanuktalva.

– Mon ami. Je t'aime, comme j'aimais mon père. Ne plus te voir... je ne...

– J'aimerais tellement... te dire que...

Le vieux sembla retrouver un regain d'énergie. Il se permit une sorte de petit rire, qui se termina par une toux avec laquelle un flot de sang jaillit de sa bouche.

– Nanuk ! s'écrit Gaïa.

Étrangement, le sourire du vieux s'accentua.

– Si tu savais... surprise... l'avenir...Tu comprendras que...

Les yeux de Nanuktalva se voilèrent.

– Non !

Il parvint à serrer faiblement le bras de Gaïa.

– Je... serai ton... esprit protecteur... *Anoke*... le vent... tu entendras...

Sa tête retomba, ses yeux se fermèrent.

Mue par une impulsion hors de sa volonté, la jeune fille leva lentement la tête. L'image de Nanuktalva, nettement dessinée, se tenait à la lisière du bois, agitée doucement par le vent qui surgissait de la plaine.

Gaïa se tourna vers Celui qui habitait dans un lieu parsemé de bois de caribous.

– C'est incroyable... je...

L'homme sourit, les yeux brillants des larmes d'une joie intense.

– Je l'ai vue aussi. Son âme demeure avec nous.

CHAPITRE 14

Un murmure à son oreille

Durant toute la semaine qui suivit la mort de Nanuktalva, Gaïa resta cloîtrée dans sa cabane. Elle y subissait une épreuve impitoyable. Elle vécut ainsi, en recluse, dans la rustique petite habitation construite par Nanuktalva et ses amis, dans un bois, au cœur de la montagne. Gaïa avait l'impression que c'était le dernier lien qui l'unissait au compagnon qui veillait sur elle depuis sa naissance. Elle était intimement persuadée qu'elle ne pourrait jamais quitter cet endroit. Ils y avaient vécu de si mémorables instants...

Un autre mois s'écoula, misérablement passé à se lamenter, repliée sur une tristesse transformée en désespoir au fil du temps. Elle venait de perdre son père, sa mère et maintenant Nanuktalva. Il ne lui restait personne à aimer, personne qui veillerait sur elle. La jeune fille semblait incapable de réagir, de reprendre sa vie en main.

Puis, un matin, Gaïa se réveilla, l'esprit vif, tous les sens en attente d'une sorte de miracle. Il allait se produire dans sa vie quelque chose d'inédit, elle le ressentait en tout son être. Elle fit une toilette rapide, passa une robe longue aux tons bariolés confectionnée par une jeune Cree de ses amies, puis se rendit au bord du ruisseau qui coulait à quelques pas de la cabane. L'air, gorgé de mille senteurs de fleurs à peine écloses vibrait de chants d'oiseaux. Jusqu'à ce jour, depuis la mort de Nanuktalva, elle n'avait rien perçu de ces effluves généreuses que dispensait la terre, rien éprouvé aux spectacles quotidiens que lui offrait le monde nordique.

Gaïa se sentit comme régénérée. Sans pouvoir en exprimer la cause, tout à coup, elle ne craignait plus la solitude, encore moins l'avenir. Elle se savait assez forte pour apprivoiser sa souffrance, capable de faire sien, précisément, cet héritage de force et de courage que le vieil ami lui abandonnait dans son sillage. Sans très bien comprendre la signification de sa philosophie nouvelle, elle « sut », sans la moindre erreur, que « le jour était arrivé ».

Gaïa suivait un sentier en compagnie de l'Homme aux caribous, quant elle la vit : l'ourse qui avait causé la mort de Nanuktalva. Gaïa la reconnut à la tache noire étalée entre ses épaules. La bête était seule. Ses petits devaient se trouver à proximité, dans une de ces plantations de baies sucrées qui abondaient dans la vallée. L'Inuit portait une carabine en bandoulière. Il l'épaula rapidement, hésita. L'ourse les ignorait. Le regard de l'homme et celui de la jeune fille se croisèrent. Ils se sourirent. L'Inuk ramena son arme contre sa poitrine. Dans les yeux des deux promeneurs, une semblable lueur de compréhension.

— Elle est magnifique, prononça doucement Gaïa.

Son compagnon ne répondit pas. À quoi bon énoncer pareille évidence. À cet instant précis, ils virent un homme gigantesque, tête baissée, traverser les fourrés en compagnie des oursons. Gaïa remarqua avec une sorte d'incrédulité que les buissons ne s'écartaient pas au passage du colosse. Elle porta les yeux vers le visage du géant. Un cri jaillit de sa gorge, vite étouffé par un irrépressible sanglot.

– Nanuk !

L'Homme aux caribous prit part lui aussi à l'instant magique. Sa réaction fut essentiellement centrée vers le Grand Esprit. Il tendit les bras vers le ciel, remerciant l'Être suprême pour ce prodige.

Nanuktalva souriait, amusé semblait-il, par le plaisir de ses amis. Il agita la main. Gaïa en ressentit un bien-être étrange qui imprégna chacune des fibres de son corps, apaisant son esprit. Elle entendit nettement Nanuktalva murmurer à son oreille. Il lui conseillait de poursuivre sa route, sans crainte, ni regard en arrière. « Pas de regrets, ma petite chérie… Va ! »

Le jour même, l'avion qui, durant la belle saison ravitaillait hebdomadairement la communauté, apporta une lettre en provenance de Timmins, adressée à Nanuktalva. Elle était de Yu-Wah-Kon-Pe, son amie Dakota. Après une minute d'hésitation, Gaïa l'ouvrit.

Mon cher Nanuk,

J'imagine que tu ne dois pas souvent lire les journaux dans ce coin perdu en montagne. Je t'apporte les dernières nouvelles de ton affaire. Bien entendu, les crimes d'Helena ont

*été mis en lumière par une enquête. Arrêtée
pour le mal qu'elle vous a fait, elle a aussi été
accusée de diverses horreurs, dont le trafic de
personnes dans le but de pousser des jeunes
filles à la prostitution. Elle risquait la prison
à vie sans possibilité de libération condition-
nelle. Mais une semaine avant que ne débute
le procès, une équipe de tueurs, probablement
envoyés par l'organisation de Chicago, a fait
irruption chez elle au milieu de la nuit. Elle
a été abattue avec la plupart de ses hommes
de main.*

Prenez soin de vous mes amis,

Yu-Wah-Kon-Pe.

Gaïa ne put retenir ses larmes. Dire qu'ils auraient
pu rester à Timmins ! Le soir même, elle fit ses pré-
paratifs. Elle confia le cheval et les presque loups
à l'Homme aux caribous. Le lendemain, à l'aurore,
Nagiuk tomeun l'attendait au bord de la rivière.
Un vent caressant en faisait frissonner la surface,
agitant le reflet du soleil comme une large fleur de
nénuphar. Gaïa alla se recueillir sur la tombe de
Nanuktalva, à l'orée du bois. Puis l'Inuk la conduisit en canoë jusqu'à la ville.

Elle retournait à la maison.

* *
*

Après quelques changements d'avions, elle arriva
à Timmins. Sans attendre, elle alla à la cabane de
Nanuktalva. Il lui tardait de satisfaire une curio-
sité qui lui trottait dans la tête depuis toujours.

Gaïa eut l'agréable surprise de voir Qanik couché devant la porte. Elle l'avait cru mort.

– Petit loup adoré ! Comment vas-tu, mon garçon ?

Il boîtait, à cause de la balle que ce policier avait tirée. Il était devenu magnifique. Une belle femelle rousse l'accompagnait ainsi que leurs trois petits, beaux et doux comme de la soie. Le loup se laissa flatter sans la moindre réticence, mais lorsque Gaïa s'approcha des petits, la femelle fit entendre un grondement significatif. On ne touchait pas à ses enfants ! En caressant à nouveau Qanik, Gaïa sentit la balle rouler sous ses doigts et comprit qu'elle était restée dans la cuisse du grand mâle. Comme Nanuktalva avait toujours gardé un assortiment de produits médicinaux dans son réfrigérateur, pour soigner les animaux blessés qu'il ramenait de la forêt, elle injecta au loup un anesthésiant et put ensuite extraire le plomb qui risquait à brève échéance d'empoisonner le sang de l'animal.

Pendant que Qanik se reposait dans la grange après l'opération, étroitement surveillé par sa femelle, que les petits se poursuivaient en criant dans le foin, Gaïa fit une incursion dans le monde magique de Nanuktalva. Le fameux atelier où se trouvait le mystère qui avait tant intrigué ses jeunes années. Elle ouvrit doucement la porte du cabanon. Les charnières rouillées grincèrent. La sculpture était là, près de la fenêtre, recouverte d'un torchon, à l'origine mouillé afin de préserver l'élasticité de la glaise tant que l'artiste avait à y travailler.

Gaïa le souleva avec précaution, comme si elle avait craint de déplacer un détail important dans la statuette qui s'offrit à ses yeux. Elle poussa un soupir désappointé en découvrant un bloc de glaise craquelée, plus haut que large, qui à première vue ne ressemblait pas à grand-chose. Gaïa jeta un regard autour d'elle, à la recherche de l'œuvre sur laquelle Nanuktalva travaillait avec acharnement depuis si longtemps. Elle ne vit rien.

Sur le moment, elle ne comprit pas. Nanuktalva s'était-il moqué d'elle, lui faisant croire à ses talents de sculpteur ? Impossible. Il l'était vraiment. Elle se souvenait des chandeliers superbes qu'il avait taillés dans le bois d'épinette pour sa mère. Gaïa fit le tour du bloc de glaise, le détaillant avec une attention accrue. C'était un buste de femme, sans nul doute. On distinguait les épaules, le cou, mais la tête, assez jolie en vérité, demeurait néanmoins dans une sorte de flou inexplicable. Gaïa prit du recul, s'assit sur une vieille chaise de jardin. Elle détailla longuement la forme indéfinie. Tout à coup, elle comprit, poussa un soupir qui s'accompagna d'un frisson de tout son corps. Dans le visage inachevé, elle reconnaissait les traits d'une petite fille... Les siens !

Gaïa hocha la tête, émue. Nanuktalva avait passé tant d'années à faire le buste d'une fillette, se mettant à la tâche lorsqu'elle avait 6 ans, mais, perfectionniste en toute chose, il peaufinait son œuvre jusqu'à ce que son modèle, qui avait grandi, ne lui ressemblât plus. Gaïa changeait plus vite que les mains rudes ne pouvaient ciseler les traits de son visage.

Quelques jours plus tard, le loup parfaitement remis, Gaïa songea au départ. Elle versa une larme attendrie lorsque Qanik et sa petite famille disparurent dans le bois. Gaïa s'assit dans son fauteuil d'arbre, celui-là même que Nanuktalva avait creusé dans une souche, devant la cabane. Il l'avait retaillé au fur et à mesure qu'elle grandissait, comme la sculpture. Peu farouche, une sitelle vint saisir une graine de tournesol dans le creux de sa main. Un pic-bois explora du bec un rondin de la cabane, au-dessus de sa tête. Les yeux de Gaïa se mouillèrent. Vivre sans les beautés de son Nord allait être malaisé.

Elle appela un taxi, ferma la cabane de Nanuktalva et prit le chemin de Timmins. Gaïa rendit visite à son nouvel avocat, Me Dufour, car Me Beauregard avait d'autres obligations à l'Institut correctionnel de la rue Cedar, où il allait être gratuitement hébergé durant les 4 prochaines années. Lorsque tout fut en ordre, elle fit cadeau du domaine de Nanuktalva à une petite tribu innue d'une trentaine de personnes. Le terrain était assez vaste pour y construire plusieurs cabanes. Elle confirma ensuite dans leurs fonctions les différents gérants qui s'occupaient de ses commerces, fit d'eux ses associés. « Travailler à son compte est plus valorisant », disait souvent son père. Pour finir, elle fit transmettre par l'avocat ses instructions pour les affaires de son grand-père à Dawson City.

Elle donna aussi à son avocat le mandat de retrouver Éliane, la bonne âme qui s'était occupée d'elle à Vancouver et de lui offrir la gérance du restaurant de Dawson City, si elle acceptait de s'installer dans le Yukon. En cas de refus, il devait lui trouver un petit commerce à Timmins ou à Vancouver, dont elle serait seule propriétaire. Puis, Gaïa transféra des fonds dans une banque près de l'Université d'Ottawa. Elle avait décidé de poursuivre ses études dans cette ville superbe.

CHAPITRE 15

Le grand guerrier puant

Gaïa se demandait, avec un certain amusement, ce qui lui avait fait changer d'orientation professionnelle. Elle s'était imaginée des années durant dans la peau d'une bâtisseuse renommée. Pourtant, voilà qu'elle dirigeait ses pas vers l'amphithéâtre de la faculté de médecine. Entre construire des maisons et se pencher sur la souffrance des gens, il y avait un fossé monumental. Était-ce celle de Nanuktalva, contre laquelle elle s'était sentie tellement impuissante, qui l'avait décidée à choisir la médecine ? Probablement.

Un travail long, difficile l'attendait, mais elle était convaincue que toute bonne chose arrivait à ceux qui persévéraient, dans ce qui, au départ, ne paraissait qu'un impossible rêve. Certes, les vastes forêts de son pays lui manquaient, mais elle savait à présent qu'elle les retrouverait un jour. Gaïa travaillait justement afin de mieux venir en aide aux communautés autochtones du nord.

*   *

*

Lorsque Gaïa quitta l'université, son diplôme de médecine en main, reçu avec la mention excellence, elle avait 23 ans. Deux années supplémentaires d'internat à l'Hôpital des enfants malades de Montréal avaient fait d'elle la plus jeune diplômée en chirurgie d'ascendance autochtone de l'Ontario et du Québec. Elle terminait seconde de sa promotion. Une *Ulu* d'argent de plus! Un beau succès dont elle pouvait se montrer fière, à juste titre. Ses parents auraient été heureux de sa réussite...

Durant ses années d'université, Gaïa avait pris des leçons de pilotage sur son propre avion, un Cesna C185.S, un bel appareil avec cabine pour six passagers, équipé de flotteurs et de roues. Le plus fiable du monde. Les explorateurs l'utilisaient d'ailleurs toujours dans leurs randonnées jusqu'au pôle Nord! C'était l'outil indispensable pour ce qu'elle comptait accomplir : parcourir le Nunavut, d'une communauté autochtone à l'autre, suivant leurs besoins en soins médicaux.

Mais auparavant, Gaïa désirait connaître la communauté d'*Igloolik*, la région où était né Nanuktalva. Elle y passerait quelques semaines, soit les vacances qu'elle s'accordait après des années d'études laborieuses.

* *
*

C'était le mois de février, au cœur de l'hiver. Aux commandes de son petit avion, elle se rendait au Nunavut en plusieurs étapes. Dans la cabine, cinq passagers somnolaient, confortablement installés, nullement impatients d'arriver. Ce voyage en avion était pour eux une première expérience plutôt agréable. Une certaine excitation s'empara de Gaïa, un plaisir néanmoins mêlé de tristesse. Ici, c'était le pays natal de Nanuktalva, un endroit qu'il avait aimé toute sa vie, même s'il en fut éloigné la majorité du temps. Elle arrivait. Le paysage arctique, aride, apparemment sans vie, était d'une beauté époustouflante. Beaucoup de régions nordiques rebutaient les étrangers. Ils s'en effrayaient souvent, car l'homme semblait insignifiant en un semblable décor. Mais Gaïa s'y sentait bien, comblée. Ici, elle était quasiment chez elle. Comment aurait-elle pu redouter ce qui n'était composé que de beauté ?

Un parent de Nanuktalva, prévenu par téléphone-satellite, l'attendait sur le tarmac du minuscule aéroport du village. De loin, elle aperçut un superbe Inuk, grand comme son oncle, large d'épaules. Lorsqu'elle ne fut plus qu'à 20 pas de lui, elle s'étonna de ses yeux étonnamment bleus, pareils à ceux d'Isabelle, la mère de Nanuktalva, comme le lui avait confié le vieil ami. Soudain, son cœur s'emballa, manqua un battement. Le jeune homme qui se tenait devant elle, un sourire amical sur sa rude figure, était le portrait...

– Mon Dieu ! Cette ressemblance !

Elle se trouvait devant un Nanuktalva âgé de 30 ans. Il lui sourit gentiment.

– On me le dit souvent. Je suis le fils du cousin de Nanuktalva, du côté paternel.

Gaïa, fascinée, ne pouvait détacher ses yeux de ceux du jeune homme. Jamais encore son cœur n'avait battu à ce rythme endiablé. Au même instant, le vent porta vers elle une abominable odeur de poisson rance, qui prit la jeune femme à la gorge. « Rustique, le parfum », pensa-t-elle, en se remémorant le point du récit de Nanuktalva, où Isabelle, rencontrait son futur mari pour la première fois.

— Mon nom est Kogak Sikoyok. Ça signifie...

— Rivière-Gelée... Je sais. Mais on devrait plutôt t'appeler *Natek*, car tu sens le phoque faisandé à 20 mètres, lâcha-t-elle, avec un sourire contraint.

— Ce qui serait une grossière erreur de langage, répliqua le jeune homme sur le même ton, en affichant une mimique semblablement ironique, car je suis badigeonné à l'huile de baleine fermentée. Ici, le bien-être du corps passe avant celui des narines.

Gaïa ne put dissimuler son amusement. Cet homme lui plaisait. Il était au même niveau de pensées que les siennes. Ainsi, la réplique vivante de Nanuktalva, un autre « grand guerrier puant », se tenait devant elle. La jeune fille eut l'intuition que les fameuses vacances au Nunavut seraient longues... comme une vie.

Était-ce là cette fameuse surprise que Nanuktalva lui avait annoncée en mourant ? Comment avait-il pu deviner qu'elle viendrait visiter son pays de glace ? Elle aussi allait devoir se parfumer à la graisse rance. Dans ce cas... elle construirait probablement un petit hôpital dans la région, ferait du village son pied-à-terre d'où elle rayonnerait sur...

— Eh bien, charmante visiteuse, vous rêvez ? Mon véhicule se meurt d'impatience de vous mener dans la famille de Nanuk.

Gaïa regarda par-dessus l'épaule de l'Inuit. Sans surprise, elle découvrit une meute d'huskies et de malamutes attelés à un *komatik* fait d'os et de bois flotté. L'homme installa Gaïa confortablement dans un creux de fourrure, la recouvrit jusqu'au cou avec une peau. En dépit de sa taille colossale, de ses mains puissantes, ses gestes se faisaient aussi doux que ceux du vieil ami disparu.

Voyant que les employés du petit aéroport entreprenaient de pousser l'avion vers un hangar, elle s'écria :

— Minute ! Vous oubliez mes compagnons !

Un homme ouvrit la porte de la cabine. Les passagers quittèrent l'avion d'un bond souple. Ils s'élancèrent vers le traîneau avec des hurlements de plaisir. Gaïa se retourna, admira la course légère de ses presque loups. Les amis de Nanuktalva ! Elle ne pouvait tout de même pas les abandonner.

Kogak Sikoyok fit claquer son long fouet en intestin de caribou au dessus de l'attelage.

— *Mush…* filez, mes garçons, cria-t-il avec un grand rire, qui projeta dans l'air froid un long jet de vapeur aussitôt cristallisé.

À propos de l'auteur

– Papa, je voudrais devenir cuisinier-pâtissier !

C'est ainsi que Gilles Dubois exprimait son rêve d'avenir dès l'âge de 5 ans. Un désir qui ne l'a jamais quitté, même s'il n'a jamais été exaucé.

À 13 ans, à la fin de ses études primaires, poussé par son père, Gilles devient apprenti… dans une boulangerie, une expérience très dure qui lui donnera le dégoût de la pâte à pain. Puis, il se retrouve coiffeur pour hommes et pour dames.

1965. C'est le temps de partir en Allemagne pour devenir soldat. Gilles suit les pelotons d'élèves gradés. Il sera caporal, attendant de passer sergent, mais le destin frappe. Il redevient 2e classe. Que faire après l'armée ?

La police de Paris lui offre une porte de sortie : un billet d'avion pour le Canada, afin de la représenter à l'Expo 67 de Montréal. Hourra ! Pour Gilles, c'est l'illumination. Il découvre le pays de son cœur. Il quitte la police et s'installe à Montréal. Il sera laveur de vaisselle, *bus boy*, garçon d'ascenseur, bref il fait mille et un métiers. Il est barman diplômé, vend des aspirateurs, devient chanteur dans les cabarets de Montréal, coiffeur, journaliste, mannequin. Enfin, il retourne à l'école, fait son secondaire et son cégep.

À 41 ans, lui qui à 13 ans avait dû quitter l'école pour cause de retard mental devient… enseignant.

Ouf! Quelle vie! Bon, on s'arrête et on souffle!

Gilles vit aujourd'hui dans une maison de rondins, au milieu d'un petit bois avec ses chiens. Il en a eu jusqu'à 8, tous venant de la SPCA. Ils dorment à l'intérieur, bien entendu.

Il dessine, fait de la sculpture sur glaise. Fasciné par toutes les formes de combat, il a fait de la boxe (premier combat à 11 ans), du judo, du karaté jusqu'à la ceinture marron et de l'aïkido. En combat, il s'est cassé des doigts, des orteils, des côtes… mais rien n'a pu ébranler son amour de la vie, de la justice et son respect pour tout ce qui vit sur cette terre.

Sa véritable passion demeure l'écriture. Depuis *L'homme aux yeux de loup* (David, 2006), il a fait paraître quatre romans jeunesse, un recueil de nouvelles fantastiques et un récit autobiographique en trois volumes, des œuvres plusieurs fois primées.

Végétarien, il ne boit pas d'alcool. Son grand plaisir : écouter de la musique classique ou chinoise, marcher dans son petit bois, nourrir les oiseaux. Bref, la paix de l'âme!

Table des matières

Collection dirigée par Renée Joyal

BÉLANGER, Pierre-Luc. *24 heures de liberté*, 2013.

BÉLANGER, Pierre-Luc. *Ski, Blanche et avalanche*, 2015.

CANCIANI, Katia. *178 secondes*, 2015.

DUBOIS, Gilles. *Nanuktalva*, 2016.

FORAND, Claude. *Ainsi parle le Saigneur* (polar), 2007.

FORAND, Claude. *On fait quoi avec le cadavre ?* (nouvelles), 2009.

FORAND, Claude. *Un moine trop bavard* (polar), 2011.

FORAND, Claude. *Le député décapité* (polar), 2014.

LAFRAMBOISE, Michèle. *Le projet Ithuriel*, 2012.

LAROCQUE, Jean-Claude et Denis SAUVÉ. *Étienne Brûlé. Le fils de Champlain* (Tome 1), 2010.

LAROCQUE, Jean-Claude et Denis SAUVÉ. *Étienne Brûlé. Le fils des Hurons* (Tome 2), 2010.

LAROCQUE, Jean-Claude et Denis SAUVÉ. *Étienne Brûlé. Le fils sacrifié* (Tome 3), 2011.

LAROCQUE, Jean-Claude et Denis SAUVÉ. *John et le Règlement 17*, 2014.

MALLET-PARENT, Jocelyne. *Le silence de la Restigouche*, 2014.

MARCHILDON, Daniel. *La première guerre de Toronto*, 2010.

OLSEN, K.E. *Élise et Beethoven*, 2014.

PÉRIÈS, Didier. *Mystères à Natagamau. Opération Clandestino*, 2013.

PÉRIÈS, Didier. *Mystères à Natagamau. Le secret du borgne*, 2016.

RENAUD, Jean-Baptiste. *Les orphelins. Rémi et Luc-John* (Tome 1), 2014.

RENAUD, Jean-Baptiste. *Les orphelins. Rémi à la guerre* (Tome 2), 2015.

ROYER, Louise. *iPod et minijupe au 18e siècle*, 2011.

ROYER, Louise. *Culotte et redingote au 21e siècle*, 2012.

ROYER, Louise. *Bastille et dynamite*, 2015.

Couverture : *Inuit sur un traîneau*, Qaanaaq (Thulé), Groenland, 2007.
© Helfried Weyer, www.helfried-weyer.de
Photographie de l'auteur : Jules Villemaire
Maquette et mise en pages : Anne-Marie Berthiaume
Révision : Frèdelin Leroux